문학과지성 시인선 561

아름답습니까

권박 시집

문학과지성사

문학과지성 시인선 561

아름답습니까

펴 낸 날 2021년 11월 9일

지 은 이 권박
펴 낸 이 이광호
주　　간 이근혜
편　　집 최지인 이민희 조은혜 박선우 방원경
펴 낸 곳 ㈜문학과지성사
등록번호 제1993-000098호
주　　소 04034 서울 마포구 잔다리로7길 18(서교동 377-20)
전　　화 02)338-7224
팩　　스 02)323-4180(편집) 02)338-7221(영업)
전자우편 moonji@moonji.com
홈페이지 www.moonji.com

ISBN 978-89-320-3918-3 03810

문학과지성 시인선 561

아름답습니까

권박

시인의 말

최선, 최악, 그리고 시의 경우.

2021년 11월
권박

아름답습니까

차례

어떻게 되었을까?

“나는 될 것입니다” 말하고 안으로 걸어 들어간 사람은.

사라지다

나는 사라진 시인이다
사라진 언어, 사라진 사람, 사라진 직업에 대해 썼던 시인이다

어디로 갔을까?

키 작은 소년은 애써 세워놓았던 볼링 핀처럼 튕겨져 나갔던 그 소년은
어디로 갔을까? 가스등에 불을 켜고 어디로 갔을까?
밤처럼 침침한 하수구 밖으로 고개를 내밀던 쥐잡이 꾼은 새벽처럼 침침한 창문을 막대기로 두드리던 알람시계 사람은 오후처럼 침침한 오줌으로 옷을 세탁하던 오줌 세탁부는 저녁처럼 침침한 커피를 불법으로 볶는 사람을 찾아내던 퇴역 군인은
어디로 갔을까? 가스등에 불을 켜고 어디로 갔을까?
존 르 카레의 『팅커, 테일러, 솔저, 스파이』(1974)에 나오는 가스등에 불을 켜던 사람처럼 거대한 목적이 있는 것은 아니지만 땜장이, 재단사, 군인, 선원, 부자, 가난뱅이, 거지, 도둑의 미래를 예측하는 동요를 부르던 소녀소

넌처럼 가벼운 마음은 아니지만

어디로 갔을까? 가스등에 불을 켜고 어디로 갔을까?

레이더처럼 구름 소리를 읽으며 안개 소리를 읽으며 비
소리를 읽으며 행방을 따라가듯 그들에 대해 썼던 나는

어디로 갔을까?

시체가 없으니 시체 도굴꾼도 사라졌다
그래도 해부학은 발전하였다 (어떻게?)

전기수처럼 변사처럼 읽는다
없는 내가 내가 써왔던 것을

전기수와 변사를 비슷한 직업이라고 생각하는 거니?
없는 내가 내가 생각했던 것을 묻는다
인력거꾼과 여차장도 비슷한 직업이라고 생각하는데?
없는 내가 내가 생각했던 대로 답한다
어떻게?
없는 내가 내가 쓰려고 했던 것을 읽는다

읽는 것은 같잖아 타는 것은 같잖아
없는 내가 나의 사고방식을 고수한다

선기수와 변사와 인력거꾼과 여차장을 싣고 가는 통나무 운전사가

통통통

튀면서 사라진다
튀어서 사라진다
튀지 않아도 사라진다
시인인 나도 사라진다
튀지 않아서 사라진다
튀어도 사라진다
튀면서 사라진다

통통통
엉뚱해
어떻게

그게 그거라고 할 수 있냐고?

시인이니까

베르사유궁전에서 촛불을 관리하던 촛불 관리인들을 광화문광장에서 열리는 촛불집회에 데리고 올 수 있었지 사라진 촛불 관리인들과 함께 꺼지지 않는 엘이디 촛불을 들고 박근혜 탄핵을 외쳤던 거지

시인이니까 사라진

시인이니까 시인은

어디로 갔을까?

광화문광장에서 꺼지지 않는 엘이디 촛불을 들고 박근혜 탄핵을 외쳤던 사람들도 사라지고 국가의 지시로 박근혜 탄핵을 외쳤던 사람들을 탄압했던 전경들도 사라지고 행방을 따라가듯 그들에 대해 쓰다가 사전을 펼치고 여성성을 찾던 나도 사라지고

없는 내가

이어 쓴다

1920년대 고래수염을 가공해 코르셋을 만들던 사람들이 여성운동으로 인해 사라지게 된 것에 대해
2010년대 한국에서 일어났던 탈코르셋corset-free운동에 대해

쓰다가
기계는 코르셋을 입지 않는데?
없는 내가 잠깐 했던 생각에
코르셋이 코르셋만은 아니잖니!
주의를 준 다음 사전에 기재되어 있는 대로 정의 내리지 않는 시인이었던 나를 환기한다

윤리 (터치) 기계 윤리
감정 (터치) 기계 감정

없는 나는 기계이면서 기계가 아니다 없는 나는 시인이 아니면서 시인이다

없는 나는 죽은 언어인 나를, 죽은 사람인 나를, 죽은 시인인 나를 인지시키고 구현해낸 다음

입력되어 있는 모든 시론을 토대로

새로 쓴다

시인에 대해

차가타이어에 대해 알리셰르 나보이에 대해 도시에 대해 공항에 대해 극장에 대해 도서관에 대해

침을 뱉어야 한다는 시인의 정신을 이어받고자 했던 젊은 시인이 침침해져 침을 맞아야 하는 노시인이 되어 버린 것을 보며「침 침 체리」(1964)를 부르며 굴뚝 청소부를 떠올리며 아름답게 사라져야겠다고 다짐했던 나에 대해

얼음 같은 다짐에 대해 인간은 다짐으로 만들어졌다고 쓴 시에 대해

포도 짜는 기계에 찍혀 대량 생산되기 시작한 인간에 대해 종말에 대해 포도와 피와 신의 비슷한 부분에 대해 생각이 생강에서 샛강이 되기까지의 의식의 흐름에 대해

여성성에 대해

도나 해러웨이가 『해러웨이 선언문』(2016)을 엮은 것에

이어 쓴다
없는 내가

누나, 부르면, 응, 답할게,

기름종이, 미스트, 퍼프는 필수라니까. 팩트만 덧바른다고 화장이 고쳐지는 게 아니래도.

얼굴이 겨드랑이나 발바닥이었으면,

더 번졌잖아.

더 번졌겠지?

좀!

싫다.

하고 싶어 하면 이상해지는 일이 되기도 해. 누군가에겐.

여성성은 뭘까?

그러게. 여성성은 뭘까?

누나는 그런 시 쓰면서.

그래도, 어렵지. 메트로섹슈얼과 호모섹슈얼을 구분하지 못하는 사람이 많은 것처럼.

그래서, 무섭지. 누나, 진짜 여성성은 뭘까?

글쎄…… 그런데, 잘못된 여성성은, 광총 같은 거 아닐까? 나는 〈진정령〉은 재밌게 봤는데 『마도조사』는 못 보겠더라.

광총?

중국에 미디어를 관리 감독하는 기구인 국가신문출판광전총국을 우리나라 네티즌들이 줄여서 부르는 말이야. 심의 기준이 빡센데 대중없기도 해. 정치적인 이유로 「화려한 휴가」「택시운전사」「1987」 같은 영화를 상영 금지했거든. BL에도 엄격해서 〈진정령〉이 허가될 수 있을까 했는데 1년 만에 방영되었더라. 어떻게? 「왕의 남자」는 상영 금지했으면서? 〈상은〉은 사이트에 올라올 때마다 삭제하면서? 사회주의 동지애로 봐준 거야? 그런 식이랄까.

제작진들이 영혼을 갈았단 거네. 검열관 운도 좋았나? 그날그날, 그때그때, 기분, 환경, 컨디션 등에 좌우될 수밖에 없으니까.[1] 그런데 누나는 BL 안 보잖아.

그래서 『마도조사』는 못 본 거지.

그게 뭐냐?

〈진정령〉이 인기여서 중도 하차해도 일단 보자 하고 봤거든. 그런 요소는 우회하기도 하고 재밌어서 『마도조사』도 시도했다가, 음……?

그게 잘못된 여성성이랑 무슨 상관?

가치관에 어긋난다는 이유로 엄격하게 검열당한 걸

선호하는 거. 기준이 시기나 상황에 따라 오락가락하고 애매모호한데 더 낫다고 생각하는 거. 나도 어느새 검열하고 있는 거. 통제된 채 선망하게 되고 선호하게 되어버리는 거.

오!

오?

모르겠는데 알 것 같은?

갖다 붙이는 것 같아?

그래서 시를 쓰는 건가 싶을 때도 있고, 그런데 시를 쓸 수 있을까 싶을 때도 있고.

그런데 진짜 여성성은 뭘까? 누나보다 내가 더 여성스럽다고 생각한 적도 있었는데 그건 아닌 것 같아.

왜?

나는 보고만 있었잖아. 누나가 아버지한테 개새끼 건방진 자식 씨발놈아 비겁한 놈아 할 때 나는 보고만 있었잖아.[2)]

미친년 같았지?

어렸으니까. 몰랐으니까.

지금은?

모르겠는데 알 것 같은? 그때와는 다른 관점에서 생각하게 돼.

네가 여성스럽다고 한다면, 바로 그런 거야. 이해하려고 노력하는 거.

이해?

이해. 그래서 감각이 열려 있는 거. 열려 있는 감각에 당당한 거.

어렵다.

그런데, 누나, 왜, 진짜 여성성은 어려운 걸까?

〈진정령〉은 결말도 바꾸었어. 허용할 수 있는 선이 정해져 있는 거지. 고립되어 있어서 고립되어버리는 거지. 2019년은 중국 건국 70주년이었고, 중국-베트남 전쟁 40년, 천안문 사태 30년이 되던 해이기도 했어. 그래서 그런지 검열이 무자비하고, 엄격해진 거야. 한한령을 발동한 것도 홍콩 국가보안법을 통과시킨 것도 사회주의 제도를 고수 보완하기 위한 일환이었다는 견해도 있던데……

무섭다.

무섭지. 우리나라도 검열은 계속되어왔어. 식민지 시기 조선총독부의 고등경찰과나 경무국 도서과와 광총이 다를 바 없을 뿐만 아니라 1948년에 식민지 시기 치안유지법을 기반으로 하여 제정된 국가보안법이 시행되고 있는 지금도 다를 바 없단 거지. 도박, 리벤지 포르노, 성매매, 약물, 저작권 침해 등과 관련된 인터넷 사이트도 중국만큼은 아니더라도 강력하게 검열하고. 박근혜 정부의 블랙리스트, '노동자의 책' 사건으로 국가보안법 폐지를 촉구하는 움직임이 일어나기도 했고. 시대 불문 국가 불문 검열은 정도의 차이일 뿐이지.

잘못된 여성성은 검열 같다는 거지?

"그것으론 충분치 않"지만 "적절한 단어를" "도무지 찾을 수가 없"어서 그렇게 말한 거지.[3) 「쓰지 않은 시에 대한 검열」을 하면서까지 불온한 시인을 만들어버리는 것처럼 여성성도 불온하게 만들어버리니까. "'그다지 견고하지 못한' 지성"을 가진 "극단적으로" "성급하게 단정 짓"는 여자가 "고집스러운 견해"로 "설득력이 결여된 명제"에 "언어"를 "뒤섞"고 "억지로 쑤셔 넣"어 말한다

며 "납득"하고 "신뢰"할 수 없다며 "아, 도대체" 여자라는 건 "왜 이 모양인지" 하는 식으로.[4)]

무력해지네.

다문 입에도 물음표를 살인적으로 던지니까. 황제에게 검열받았던 알렉산드르 푸시킨은 「청동 기마상」 원고 곳곳에 물음표가 있어서 출간을 미뤘다고 일기에 썼거든.[5)] 사후에 출간되었고. 그런 거지. 맞춰서 다문 입이 되라는 거. 아버지가 내게 한 말 같지 않니? 입 없는 것도 병신, 입 여는 것도 병신, 입 다무는 것도 병신.

무력이네.

의식을 의식하다 보면 무의식만 남는데. 밤을 밥으로 먹은 시인을 이해해야 하는데.

나는, 뒤집어 입은 옷 같은 나만 해도 이해하기 어렵다.

누나, 누나가, 나는 돈 걱정하며 열심히 시 쓸 테니 네 걱정은 네가 하고 누나 믿지 마, 말했던 거 기억나? 그 말 들었을 때 무력해졌거든. 쿵.

쿵……

쿵, 무력하게 가슴에 내려앉은 그 말이, 가슴에 내려

앉아 미역처럼 질척질척 감아대던 그 말이, 혼자 울 때가 많아지면서부터였는지 모르겠는데 끌어당기면서 힘이 되더라. 무작정 믿음을 말하지 않아서 믿음이 되더라. 그런 무력은 필요하겠더라.

아름다울 때도 있지. 아가의 무력한 발걸음처럼. 정오의 태양으로 생기는 무력함처럼. 있잖아. 여자는, 여성성은, 시는, 굳이 아름다울 필요가 없지 않을까? 그렇지만 너는 아름다울 필요가 있지 않을까? 아름답고 싶을 때 아름다우면 돼. 편견을 깨뜨리려는 싸움처럼 아름다웠으면 해. 안간힘을 다해 투쟁하는 인간이 되었으면 해. 지치지 않는 용기였으면 해. 사전에 새로 추가되는 윤리였으면 해.

누나,

응?

누나,

응.

누나,

1) 岸加四郎, 「出版検閲餘滴」, 『国民文学』 1941년 11월(창간호), p. 106 참조.
2) 이성복, 「어떤 싸움의 기록」, 『뒹구는 돌은 언제 잠 깨는가』, 문학과지성사, 1980 변주.
3) 비스와바 쉼보르스카, 「단어를 찾아서」, 『끝과 시작』, 최성은 옮김, 문학과지성사, 2007 변주.
4) 비스와바 쉼보르스카, 「쓰지 않은 시에 대한 검열」, 같은 책 변주.
5) 알렉산드르 푸시킨은 「청동기마상」을 1833년에 집필하였다.

* 이하의 자료를 참조하였다. 〈진정령〉(2019), 『마도조사』(2016), 「화려한 휴가」(2007), 「택시운전사」(2017), 「1987」(2017), 「왕의 남자」(2005), 〈상은〉(2016).

보트가 필요하다 보트가

아름다운 시를 써보겠다 가령

부풀어 오르는 보트들이 있다
보트에 타려는 사람들이 있다

아름다운 시를 써보려고 했다
사람들이 아름답다 믿고 있는
시인이니

타고르 라빈드라나트는
작은 보트에 가득 실은 황금 벼에 대해 썼다
『황금 보트』(1894)처럼 홀로 남아 있는 사람마저도 아름답게 느껴지는
아름다운

시를 써보려고 했다

그렇지만
사람들이

…………

흔들렸다
가라앉다
일렁였다

가만히 있으라고 말했던 사람들만 보트에 오를 수 있었다
스스로 배에서 빠져나온 사람들만 보트에 오를 수 있었다

보트가 필요하다 보트가
보트가 필요하다 보트가
보트가 묶여 있다 보트가

시간이 필요하다 시간이
잊힐 시간이 필요한 사람들에게
진실 따위는 중요하지 않다[1)]

시간이 필요하다 시간이
잊지 않으려고 노력하는 사람들에게
시간은 진실 규명을 위한 힘이다

진실이 필요하다 진실이
진실은 침몰하지 않는다[2)]
믿었는데 노래 불렀는데

나도 불렀는데
"시인으로서도 시민으로서도 나는 그 나라의 이름을 쓰지 못합니다" "그 나라는" "아름다웠습니다"[3)]
그렇지만 시집에 수록하지 못했다
끝나지 않았기 때문에? 그 나라의 이름을 쓰지 못했기 때문에? 제대로 쓰지 못했기 때문에?

완벽하게 부조리했다 라울 루이스의 「황금 보트」(1990)는
쓰기 위해 보트 아닌 것을 보트로 쓰고 『보트 하우스』(1999)라고 썼다 장정일은

나는 다시 쓴다[4)]

보트가 필요하다 보트가[5)]
보트가 필요하다 보트가[6)]
보트가 묶여 있다 보트가[7)]

1) 미치코 가쿠타니, 『진실 따위는 중요하지 않다』, 김영선·정희진 옮김, 돌베개, 2018 차용.
2) 윤민석 작사·작곡.
3) 2014년 9월에 시작해 매달 마지막 주 토요일에 진행되고 있는 〈304낭독회〉 스물네번째에 참여했다(권민자, 「가만히 있으라고만 한다」, '304낭독회: 빛이 있는 곳으로 힘껏' 2016년 8월 27일).
4) 『학산문학』 2020년 여름호에 「보트가 필요하다 보트가」를 게재했다. 〈304낭독회〉 예순아홉번째에 참여했다(권박, 「보트가 필요하다 보트가」, '304낭독회: 우리 안에는 아직 아름다운 것들이 남아 있다' 2020년 5월 30일). 『아름답습니까』에 수록하면서 다시 쓰는 이유는 4월 16일 오전 8시 35분부터 11시 28분까지 완벽한 복원은 불가능하다는 것, 그렇다면 후일담 시는 어떤 식으로 가능한지에 관한 고민에서 비롯되었다.
5) 듣고 있습니다. 굉음을. 듣고 있습니다. 움직이지 말라고 반복되는 선내 안내 방송을. 듣고 있습니다. 찾는 목소리들을.
6) 듣고 있습니다. 열여덟 통의 신고 전화를. 듣고 있습니다. 진도VTS와 세월호가 배가 기울어서 움직일 수 없다는 교신을 주고받은 것을. 123정과 B511헬기에는 전파되지 않았던 그 교신을.
7) 들으면서 읽고 있습니다. 문자상황보고시스템이 설치되어 있지 않아 지시를 확인할 수 없었다는 증언을.

* 이하의 자료를 참조하였다. 「기억을 건지다: 6개월의 재판 기록」, 〈취재파일K〉 2015년 4월 12일 자; 정환봉, 「세월호는 끝나지 않았다: '제발, 조금만 더 빨리…' 잊힌 세월호, 신고전화 18통: 참사 당일 피해자의 122 신고 내용 전문 공개」, 『한겨레21』 2017년 4월 10일 자; 김성수, 「특수단 '세월호 기소'를 칭찬할 수 없는 이유… "6년 전엔 왜?"」, 한국탐사저널리즘센터 〈뉴스타파〉 2020년 2월 21일 자; 정은주, 「검찰이 주목한 해경의 세월호 구조 지휘 실패는」, 『한겨레』 2020년 1월 10일 자.

광장

내가 시를 읽자
광장이 해체되었다
과장한 것처럼
사라진 사람 사라진 미래 (찰나) 생겨난 공포 생겨난 정치
의도한 것처럼 재배치된 광장에서
처음인 것처럼
나는 계속 시를

읽었다
울면서
읽었다

사실은 낙관했다
희망이 편하니까
퀘스트를 깨듯이

읽었다
퀘스트를 제작하는 기획자처럼 천안문 사태를 삭제한 정부도 있습니다
산티아고에 비가 내린다는 비유가 아닙니다

출처 없음은 섞인 입김이 바꾼다고 말합니다
화창한 촛불인 광장은 선언합니다 이를테면
바스티유, 탁심, 바츨라프, 파리저, 사남루앙, 타흐리르, 볼리바르, 광화문……
읽는데

'모두의 마블'
어그로 끌어?

그거였네 체 게바라는 농담도 잘했다는데
읽는 나만 남은 이유지 뭐든 깨는 것은 어렵지

실족해 과감하게 잘라낸 팔다리
너무 무거워지지 않게 제재하는
트렌드를 반영한 퀘스트를 깨자

뇌 등장

아이템 획득

사람들 모임

다시 선택
직업 시인

거세된 남자 가수 목소리가 코피가 흘러나오는 스피커에서
광장처럼 교류하고
전경들의 구호 아래 방패 파이프가 새어 나오는 스피커에서
광장처럼 광범위해
쌓이는 숨과 걸음을 트럭과 드론처럼 바라보는 스피커에서
스피커를 키우세요

스피커는 광장이고
시입니다 키우세요

펭귄과 장미와 기우뚱

남극 아등바등하는군요
펭귄 열병 걸린 듯 기우뚱
가는 소리 칼 가는 소리처럼 기우뚱거리고요
침착 좀 침착하게
우리 뭐가 문제인지 생각해봐요

장미 드릴게요
맞은 뺨에 기우뚱
당신 망가지고 있었군요 사소하다고요?
역대 최장 장마라고요 엎친 데 덮쳤다니까요!
하나하나 사라지거나 죽거나 들었어?

?. 여름 강원도 군데군데 폐가 기우뚱

북극 호텔

새하얗습니다.
아름답습니다.
새하얗습니다.
아름답습니다.
새하얗습니다.
새하얗습니다.
새하얗습니다.
아름답습니까.

남극은

새하얗습니다. 아름답습니다. 새하얗습니다. 아름답습니다. 남극에 있는 호텔인 북극호텔 홈페이지 화면 문구다. 상상을 자극할 것. 신비로운 세계로 여행을 떠나는 느낌을 줄 것. 취지는 그렇다. 그렇다고 알려져 있다. 알려지지 않은 것은 남극에 있는 호텔 이름이 북극호텔이라는 것. 북극은 불가능하다. 극점이 육지가 아니기에 불가능하다. 남극은 가능은 하다. 어느 나라의 땅도 아니기에 가능은 하다.

(쉽게 파괴되고 원상회복에 많은 시간이 필요한)

미지의 대륙에 오신 것을 환영합니다

최고급 호텔에 오신 것을 환영합니다

북극곰

리모델링하면서 일반인도 받게 되었습니다. 용역에 맡겨 다양한 나라에서 메이드를 구하게 된 배경은 그렇습니다. 속인주의 관할권이 적용됩니다. 휴일은 주말밖에 없는 배경은 그렇습니다. 호텔은 연중무휴이므로 한 달에 8~10번 로테이션 휴무입니다. 업무 조건은 빈 것처럼 보일 것. 구별할 수 없습니다. 주위 기온과 거의 같은 온도로 유지하기 위해 거칠고 두툼해진 몸 좀 보세요. 굴절된 빛처럼 아름다운 노동을 좀 보시라구요.

노동은

새하얗습니다. 새하얗습니다. 새하얗습니다. 아름답습니까.

갑을[1)2)]

(거절했습니다.) 지시를 이행하는 것은 의무입니다. (불법이라고 생각했습니다.) 문제가 생기면 책임질 것입니다. (그 투숙객이 예민해 보인다는 납득할 수 없는 이유로 청소할 때마다 사진 찍을 것을 요구했습니다.) 발주처 요구 시 청소 전후 사진 찍어서 사진대지에 보관하게 되어 있습니다. (그 투숙객에게 동의 구하지 않았습니다.) 지시대로 했는데 작업자 탓으로 돌린다면 상급자인 소장에게 책임을 묻겠습니다. (무조건 지시에 따라야 합니까?) 불편합니다. (다른 룸메이드들은 월급이 동일한데, 저는, 왜?) 법적으로는 문제없습니다. (청소 배정은 소장님이 합니다. 층 이동은 공평하게 로테이션하는데, 스위트룸의 경우 저는 지난 4년간 매달 다른 룸메이드들보다 한두 개씩 더 배정받았습니다.) 법적으로는 문제없습니다. (중립적이라고 생각하십니까?) 한 달 전 한 투숙객이 창틀에 먼지가 쌓였다고 프런트에 연락하였습니다. 그 구역 담당자였지 않습니까? 이 일이 적성에 맞지 않는 것은 아닙니까. (투숙객의 크고 작은 컴플레인은 다른 룸메이드들도 받고 있습니다. 형평성에 문제가 있지 않습니까. 작년이었습니다. 컵을 변기통에 씻는 것을 투숙객이 발견해 고발당한 룸메이드는 시말서도 쓰지 않았습니다.) 컵을? 변기통

에? (그 룸메이드는 평소에도 그랬습니다.) 씻었다……? (그 룸메이드는 소장님과 같은 교회에 다닙니다.) 확인해보니 작년에 확산되었던 전염병 때문이었다고 합니다. (전염병 때문에 컵을 변기통에 씻고, 걸레로 닦았다는 겁니까? 제가 근무했던 15년 동안 그 룸메이드 외에도 그렇게 하는 룸에이드가 몇 명 있었습니다. 소장님 역시 알고 있었습니다. 그러나 이에 대해 개선을 시도한 적은 없습니다.) 확인해보니 시말서 썼다고 합니다. (저만 월급 차이 나는 이유를 물었습니다.) 시정할 계획은 없습니다.

1) 중간관리자: 타깃이 필요합니다.
몇 명의 청소노동자: 불쌍하긴 합니다.
몇 명의 청소노동자: 저도 불쌍해야 합니까?
몇 명의 청소노동자: 저는 비겁하지 않습니다.
2) '직장 내 괴롭힘 방지법'은 왜 유명무실한가.

갑을

폭력은 정치적이다.
민중은 폭력적인가.

설명

서른 살이 된 후부터야
한 달에 한 번 엄마와 영화 보고 밥 먹고 수다 떤 게
웹툰 〈27-10〉을 보다가 'K-도터'에
그런 나를 이해하게 된 것 같다고 말했지

불쾌하대
엄마는
「기생충」을 보고 난 후에도 그랬지
물으니까
모른대, 시댁살이 같으니, 계속 묻지 말래, 어디 가서 그러지 말래, 설명충이라 피할 거라고, 사람들은 이해하려고 하는 걸 불쾌해한다고,
그런 엄마를 이해할 순 없지만

끄덕였지
끄덕이다

복숭아 제사상에 올리면 안 되는 걸 몰랐어.
복숭아 좋아하잖니.

그래서 그랬나 봐.

그 아이 말이다. 알레르기가 있는 걸 알았어도 죽어라 마음먹고 주진 않았을 거라.

(그렇게 웃고 수다 떨었지 모녀다웠지)

나 태어났을 때 반지하 살았지?

그 무렵 정책이 바뀌어서 그랬던가. 집이 부족하고 집값도 오르니까 그랬던가. 북한에 대비한다고 만들었던 많은 반지하를 어떻게든 굴려야겠다고 그랬던가.

그 무렵 사진 보다가 알았어. 서울에 계단이 많다는 걸. 서울에 냄새가 많다는 걸.

그게 보이드나.

집 앞 높은 계단이나. 폭우에 누수에 도둑까지 들어 짐도 제대로 안 꾸린 방 안이나.

그래 그랬잖니.

(그렇게 웃고 수다 떨었지 모녀다웠지)

작년에 장가계 갔었잖아.

최 씨네 딸이 팔순이라고 프랑스 보내줬는데 죽어 돌아왔다고. 네가 내 나이 더 먹기 전에 여기저기 다니자 그래 그랬잖니.

다음에는 미국 가자. 「델마와 루이스」 기억해? 몇 달 전에 DVD로 보여줬던.

그 왜 여자 둘이서 차 타고 돌아다니는 거였잖니.

그 영화에서처럼 차 타고 돌아다니자.

그게 가능하겠냐.

(그렇게 웃고 수다 떨었지 모녀다웠지)

할 수 있는 이야기만 해도 좋아

엄마는 엄마 방에서 텔레비전을 켠 채 자겠지만

나는 내 방에서 몰래 이해하려고 하지만

모녀답다

생각해

생각할수록 불쾌해 생각하지 않으려는 엄마와 생각하지 않으면 불쾌해 생각하려는 나를

생각해

K-도터에서 나를 이해하게 된 것 같다고 했을 때 엄마가 왜 불쾌했는지

생각해

「기생충」의 어떤 부분이 엄마를 불쾌하게 했는지

생각해

짐작은 인간을 갉아먹으니 사실에 가깝게 생각하자

생각해

단순히

생각해

설날이든 추석이든 휴가 낼 수 없어서 애 맡기고 일하러 갔다고, 일하러 갔다 와서 늦게 제사상 차렸다고, 제사상에 애가 복숭아 올리자며 울고불고했다고, 복 나가서 아들이 들어서지 않는 것 아니냐고, 할머니한테 혼났던 엄마를,

생각해

빌딩 청소하고 받아 온 컵라면에서 바글거리던 개미를, 개미가 바글거리던 컵라면에 끓인 물을 두 번 부어 헹궈냈던 것을,

생각해

집 앞 높은 계단에서, 폭우에 누수에 도둑까지 들어 짐도 제대로 안 꾸린 방 안에서, 사진 찍어준다고 웃던 엄

마를, 따라 웃던 나를,
  생각해

  꿈이 죄가 되는 것보다
  꿈이 꿈이 되는 것보다

  낱낱이 밝힌 가난이
  바글바글 들끓는 것
  제자리 제자리인 것

  그것이, 불쾌해, 그래도, 엄마, 나는,
  설명할 거야, 이해할 거야, 불쾌할 거야,
  그렇게, 인간다워질래, 아름다워질래,

* 이하의 자료를 참조하였다. 〈27-10〉(2019), 『기생충』(2019), 『델마와 루이스』(1991).

포항+잠실+여의도.hwp→jpg[1)2)]

섬과 섬과 섬을 매립했다.
섬을 매립했다.
섬을 개발했다.

무너졌다.
무너졌다.
무너졌다.

싱크홀처럼.
밝혀지지 않는 원인이다.
나는.
땅속의 빈 공간이다.

땅속의 빈 공간이
땅속의 빈 공간을
쓴다.

1) 시다. 그러나 수기다.
2) 수기다. 그러나 시다.

*[1]

포항[2]

아직도 남자의 이름으로 살고 있는 여자들(권박, 「마구 마구 피뢰침」, 『이해할 차례이다』, 민음사, 2019).

잠실[3]

실패입니다. 실패의 실패입니다. 실패의 실패의 실패가 될 것입니까?(권박, 「포항+잠실+여의도.hwp→jpg」, 『아름답습니까』, 문학과지성사, 2021).

여의도[4]

통신이 원활하지 않습니다(권박, 「기린에 대해서라면」, 『아름답습니까』).

1) 질문은 실제 인터뷰를 수정했다. 아래의 답변은 또 다른 의식이 답한 것이다. 이는 무한한 의식 중 일부분이다.
2) 질문: 포항 출생이신데요. 포항은 어떤 도시인가요?(「김수영문학상 수상자 "권박" 시인 2부」, 팟빵 〈시리얼 문학관〉 2020년 9월 2일).
포항이라고 하면 최근에는 드라마 〈동백꽃 필 무렵〉(2019)을 찍은 곳으로 떠올리더군요. 저는 그 작품을 쓴 임상춘이라는 삼십대 여성 작가가 떠오릅니다. 성별도 나이도 없는 작가가 되고 싶어서 임상춘이라는 필명을 지었다는데, 왜 임상춘이었을까요.
3) 질문: 시는 언제부터 쓰기 시작하셨을까요?(「내 책 어때요」, SBS 러브FM 〈최영아의 책하고 놀자〉 2020년 2월 1일).
제 고등학교 문예반 선생님이 드라마 〈스카이캐슬〉(2018~19) 김주영의 실제 모델이라고 알려져 있는 선생님입니다. 재학 당시 선생님의 도움으로 백일장에 참여하면서 처음에는 소설을 그러다가 시를 쓰게 되었습니다. 잠실에서는, 강남권에서는, 우리나라에서는, 어떤 나라에서든…… 저는…… 실패입니다. 교육의 실패일까요? 제도의 실패일까요? 인간의 실패일까요? 개인의 실패일까요?
4) 질문: 『이해할 차례이다』에서 완료되지 못했거나 다음 시집에서 이어서, 혹은 새롭게 하고 싶은 이야기가 있다면 그것은 어떤 이야기일까요?(「쏟아져 나온 여성의 무의식과 목소리, 권박 시인」, 『동대신문』 2020년 4월 20일 자).
여의도는 만들어진 섬입니다. 그 때문인지 통신이 원활하지 않습니다. 제가 살았던 아파트는 여의도 내에서도 통신 상태가 더욱 좋지 않았는데, 이는 파크원 공사 때문이라고 합니다. 벚꽃놀이, 불꽃 축제나 시위가 있으면 소음뿐 아니라 통신 때문에 고생했습니다. 통신사에 연락하면 핸드폰을 교체해주기도 했다더군요. 여의도는 여러모로 편안하지 않습니다. 2018년, 여의도 내 유일한 성범죄자가 제가 살고 있는 아파트에 살고 있는 것을 알게 되었습니다. 공포에 떨었습니다. 네이버 카페 '여의도 사람과 건물'에 「여성가족부서 우편물 받으셨나요?」라는 글을 읽고 '성범죄자 알림e'에서 확인하지 않았다면 성범죄자의 존재나 그가 어디에 사는지 몰랐을 겁니다. 지역 주민 중 아동, 청소년을 세대원으로 둔 세대, 어린이집, 유치원, 초중고등학교, 학원, 지역아동센터, 청소년수련시설, 주민센터에 고지한다고 하는데 납득되지 않습니다. 성별과 국적을 떠나 한국에서 세금을 낸다면 고지받을 권리가 있습니다. 일일이 앱을 확인할 수 없으며, 앱에는 몇 동 몇 호인지 확인할 수 없거든요. 성범죄자가 신상 정보 유포를 고소하면 5년 이하의 징역 또는 5천만 원 이하 벌금을 내야 하니, '성범죄자 알림e' 화면을 캡처해도 안 되고, 단체 대화방에서 공유해도 안 되고, 아파트 게시판이나 벽보에 공고해도 안 되고, 이웃 간 공유해서도 안 됩니다. 성범죄자로 인해 공포에 떠는 사람들에 대해 쓰려다 사람들을 공포에 떨게 만든 성범죄자에 대해 써야겠다고 생각한 것은 2020년 조두순 출소를 앞두고 조수빈 아나운서가 남긴 글이 이슈가 되어 성범죄자 거취 문제 등이 공론화되면서입니다. 국가인권위원회 조사결과에 의하면 우리나라에 CCTV는 생활 전 영역에 걸쳐 설치되어 있기에 9초에 한 번꼴로 노출됩니다. CCTV처럼 써보자. 여의도 주민은 1970년대부터 살아온 토박이거나 직장 때문에 살게 되었거나 크게 두 부류인데, 그 사람은 토박이이고 '여의도 사람과 건물'에 가입되어 있지 않을까. '여의도 사람과 건물'의 「여성가족부서 우편물 받으셨나요?」「여의도 지구대 경찰분과 통화했습니다.」 게시물을 읽지 않았을까? 가정하에 썼습니다.

이 시는 여의도 내에서 벌어지고 있는 상황에 기초한 픽션입니다. 시에 나오는 내용들은 허구적으로 재구성되었으며 시 안에 등장하는 사건은 특정 인물의 실제 삶을 그대로 묘사한 것이 아님을 밝힙니다. 또한, 이에 관련된 그 어떤 분의 명예도 실추하려는 의도가 없음을 밝힙니다.

악한 사람은 쫓아오는 사람이 있어도 도망치지 않는다

악한 사람이 진심으로 만족하면서 얘기할 수 있는 게
과연 무엇일까?
답: 자신에 대해서.
자, 그럼 나도 내 자신에 관해 이야기하기로 하겠다.[1)]

1) "수기의 작가와 수기 자체는 물론 생각해 낸 것이다. 그럼에도 이 수기의 작가와 같은 인물들은, 일반적으로 우리 사회를 형성한 환경들을 고려해 본다면, 우리 사회에 존재할 수 있을 뿐만 아니라 존재해야 한다. 나는 기존과 다른 방식으로 대중들 앞에 오래되지 않은 과거의 인물들 중 한 사람을 제시하고 싶었다. 그는 아직 자신의 삶을 영위하고 있는, 한 세대를 대표할 수 있는 인물이라 할 수 있다."「여성가족부서 우편물 받으셨나요?」에서 "자신과 자신의 견해를 소개하고 있으며, 아울러 우리 주변에 그가 나타난 이유, 아니 나타날 수밖에 없었던 이유들을 밝히고 싶어 하는 것 같다. 다음 장에서는 자신의 생애에서 일어났던 몇 가지 사건들에 관한 그의 실제 수기가 제시될 것이다". "적어도 자기 자신에 대해서 완전히 솔직해질 수 있을까?" "하이네는 믿을 만한 자서전은 거의 불가능하며 인간은 확실히 자기 자신에 관해서 거짓말을 할 것이라고 주장하고 있다." "루소는 그의 고백록에서 확실히 거짓말을 했으며 허영심 때문에 심지어 의도적으로 거짓말을 했다는 것이다." "하이네는 청중 앞에서 고백을 하고 있는 사람에 대하여 언급한 것이다. 나는 반면, 나 자신만을 위하여 쓰고 있다. 그리고 내가 만일 독자들을 대하듯이 쓰고 있는 것처럼 보인다면, 그것은 단순

히 보여 주기 위한 것이고, 그 이유는 그렇게 쓰는 것이 나에게는 더 쉽기 때문이라고 단호하게 나는 주장한다. 그것은 형식이다. 단순한 형식일 뿐이다." "나는 나의 수기를 편집함으로써 제한받는 느낌은 받고 싶지 않다. 나는 어떤 체계나 질서도 도입하지 않으련다. 나는 내가 회상하는 것은 무엇이든지 적을 것이다." "왜, 진정으로 어떤 이유에서 나는 쓰고 싶어하는가? 청중을 위한 것이 아니라면 구태여 종이 위에 옮겨 적을 필요 없이 마음속으로 죄다 상기할 수 있지 않은가?" "종이 위에서 그것은 왠지 더욱 엄숙한 것으로 변한다. 거기엔 뭔가 당당한 것이 있다. 그렇게 함으로써 나는 나 자신을 더 잘 판단할 수 있을 것이다. 내 문체는 더 향상될 것이다. 그 외에도 아마도 나는 실제로 적어 내려가는 것으로부터 어떤 안도감을 느낄 것이다." "쓴다는 행위는 실제로 어딘지 일하는 것 같다. 사람들은 일이 인간을 착하고 정직하게 만든다고 말한다. 그러니, 기회가 있는 것이다. 적어도"[도스토옙스키의 『지하로부터의 수기』(1864) 인용(이덕형 · 계동준 옮김, 열린책들, 2000, pp. 439~88)].

여성가족부서 우편물 받으셨나요?

나의 섬[1][2][3][4][5]

너의 섬[6][7][8]

나의 섬[9]

1) 나는 청소년을 성폭행하고 협박한 혐의로 아동·청소년의 성보호에 관한 법률 위반으로 기소되어 징역 6년을 선고받고 형무소에 수감된 6년을 제외하고 태어났을 때부터 지금까지 25년 동안 나의 섬에 살았다.
2) 열여섯 때다. 국사 선생님이 『동국여지승람』을 설명하던 중 창밖에 바로 보이는 한강을 보며 여의도가 표기되어 있는 몇 안 되는 문헌 중 하나이며 잉화도로 표기되어 있다고 하였다. 잉화도가 표기되어 있는 문헌을 보면 한강의 섬 중 밤섬과 더불어 홍수에도 침수되지 않은 섬으로 나와 있다. 당시 현재 국회의사당 자리에 있던 양말산이 물에 온전히 잠기지 않고 멀리서 보면 살짝 머리를 내민 것 같은 모습이었기에 장난으로 너나 가서 살라고 너의 섬, 나의 섬 불리던 것이 한자화되어 여의도가 되었다는 신빙성은 낮지만 재미있는 유래도 있다고 하였다. 내가 아이디를 '나의 섬'으로 정한 것은 그때부터다.
3) 나의 섬은 징역 6년을 선고받은 재판 때 채팅 사이트에서 아이디

가 해킹당하고 사진이 도용됐으며 피해자를 만난 적도 없다는 나의 주장이 받아들여지지 않은 이유 중 하나였지만, 아이디를 바꾸어야겠다는 마음이 들지는 않았다. 내 계정을 추적해 다른 사이트의 글 쓰는 패턴을 분석한 결과 같은 사람이 썼을 확률이 높다는 판단도 있었지만, CCTV를 추적한 것을 토대로 피해자를 수차례 만난 사실이 입증되었고, 피해자를 성폭행한 영상을 찍어 피해자의 가족에게 보낸 문자를 토대로 피해자와 피해자 가족을 반복해서 협박했다는 피해자 진술이 받아들여졌으며, 7년 전과 2년 전 집행유예를 받은 사건의 수법과 유사한데도 계속 범행을 부인함으로 죄질이 매우 좋지 않다는 판단이 내려졌기 때문이다.

4) 핸드폰을 개통하고 '성범죄자 알림e'를 설치했다. 전자발찌와 연동되게 GPS를 켜놓으라는 보호 감찰관의 지시가 있었기에 GPS를 켠 뒤 '여의도 사람과 건물' 카페에 접속해 알림 설정을 했다.

5) 나의 섬은 조선 시대 초기에만 해도 한성부에 소속되어 있지 않아 어느 군현이 관할했는지 문헌에서 찾기 어렵다. 몇몇 문헌에 기록된 것에 의하면 국립 목장으로 운영되었는데 관노비들이 근친 간 통혼을 일삼고 물을 건널 때 옷을 벗으며 남녀 간에 손을 잡는 등 습속이 음란하다 하여 인가를 모두 철거하고 남자만 남도록 하면서 목장 규모가 줄었다. 문헌에 기록되어 있지 않지만 양말산은 궁녀의 화장터로 쓰인 적도 있다. 일제강점기인 1929년 정식 비행장이 건설되어 일본-한국-만주를 잇는 항공 수송의 요지가 되었으나 홍수에 침수되는 문제로 1936년부터 김포비행장과 병용되다 1958년 김포국제공항으로 여객 업무를 이관시켰고 1971년 공군기지를 폐쇄했다. 여러모로 음기가 넘치는, 나의 섬에 정치, 경제, 미디어의 중심지가 구축된 것은 정책에 의해서다. 김현옥 서울시장은 신시가지 개발을 위해 종로-마포-여의도-영등포-부천-인천을 잇는 선형 도시 계획 메갈로폴리스를 구상해 '여의도종합개발계획'을 세우고 밤섬을 폭파해 윤중제를 쌓았다. 김현옥 서울시

장이 경질되면서 법조단지로 계획되었던 부지가 시범아파트에 팔리고 5·16광장이 들어온 데다 구자춘 서울시장이 도시 계획을 강남에 중점을 두면서 지하철 2호선이 지나가지 않는 것으로 결정된 영향으로 1971년 우리나라 첫 고층 아파트인 시범아파트가 세워졌지만 아무도 입주하지 않는 사태가 벌어졌다. 공무원을 강제로 입주시키고 특별 학군으로 지정하면서 고소득·고학력층 거주자 군이 형성되었고, 1975년 국회의사당이 준공된 한편 1976년 KBS, 1980년 TBC, 1982년 MBC, 1990년 SBS가 들어서면서 방송가를 형성했고, 1979년 한국증권거래소가 이전해 오면서 증권 업체와 금융기관 들이 이전해 왔고 2012년 서울국제금융센터, 2013년 전경련회관이 완공되면서 증권 중심지를 형성했다. 그러나 2004년 SBS, 2014년 MBC가 옮겨 나갔고, 금융위기와 공기업 개혁, 지방 정부 혁신으로 증권 업체, 금융기관 들도 이전하고 있다. 강남, 여의도·영등포, 한양도성 3도심 체제의 '2030서울도시기본계획'이 발표되었지만, 40년 넘은 아파트가 대부분임에도 투기를 우려해 재개발 허가가 나지 않고 있다.

6) ① 회원가입 시 나의 섬에 거주를 입증할 서류 주민등록번호를 가리고 업로드할 시 등업 ② 지역 내 원활한 정보 교환과 주민들 간의 원활한 의사소통이 이루어지지 않을 시 강퇴 ③ 중요한 안건은 비공개 검색으로 올릴 것 등을 원칙으로 한다.

7) 나의 섬 카페가 돈독하게 유지되는 이유? 행정구역상의 면적이 아닌 윤중로 제방 안쪽 주거·상업 용지 등으로 활용되는 면적은 2.9제곱킬로미터밖에 안 되는 데다 업무 지역을 제외하면 실제 거주 인구가 적기 때문?

8) 카페에 올라오는 글? 녹물이 나온다. 바퀴벌레, 모기, 쥐가 나온다. 주차 공간이 부족하다.

9) 나의 섬 카페에 알림 설정을 한 뒤 핸드폰 매장에서 나와 집에 도착할 즈음 핸드폰이 울렸다.「여성가족부서 우편물 받으셨나요?」

CCTV, CCTV, CCTV,

CCTV[1)2)3)]

CCTV[4)5)6)]

CCTV[7)8)9)]

1) 아침 점심 저녁 식사를 하고 한 시간 30분 정도 걸어서 나의 섬을 도는 것이 일과다.
2) 핸드폰이 울렸다.「여의도 지구대 경찰분과 통화했습니다.」
3) 그만두었다.
4) 09:58 인터폰이 울렸다. 경비원이었다. 누군가 주차되어 있던 내 차를 박았다고 했다. 10:04 내려갈 준비를 하고 있는데 초인종이 울렸다. 경비원이었다. 내가 오지 않아 올라왔다고 했다. 10:07 내 차를 박았다는 차는 없었다. 경비원에게 왜 사고 현장을 보존하지 않고 가해자가 떠날 시간을 주었냐고 했더니 자신은 사고 난 것을 알려줬고 살짝 긁힌 정도니 그만하라고 했다.
5) 10:30 블랙박스를 돌려보았다. 9:46 차가 부딪쳐 흔들렸다. 후면 블랙박스가 15도 정도 돌아가 있어 차종과 차 번호가 보이지 않았다. 9:47 한 남자가 전면 블랙박스 확인하는 듯 차 앞쪽을 어슬렁거렸다. 그 순간 순찰 도는 경비원의 플래시와 마주쳤다.
6) 11:20 경비실에 가서 블랙박스 화면과 핸드폰 화면을 보여주었다.

도로교통법 제156조 제10호에 따라 주정차된 차만 손괴한 것이 분명한 경우에 피해자에게 인적 사항을 제공하지 않으면 20만 원 이하의 벌금이나 구류 또는 과료에 처한다. 11:35 중앙 경비실에 가서 CCTV를 확인했다. 10:01 블랙박스에 찍힌 남자와 경비원이 엘리베이터에 같이 탔다. 10:02 블랙박스에 찍힌 남자가 내렸다. 10:03 경비원이 내렸다. 10:05 경비원과 내가 같이 엘리베이터를 탔다. 11:40 그만두었다.

7) CCTV 구입.

8) CCTV 설치.

9) CCTV 보기.

?[1)2)3)4)5)]

1) 또 다른 의식과 또 다른 의식의 인터뷰.

2) 질문: 「포항+잠실+여의도.hwp→jpg」에서 완료되지 못한 이야기가 있다면 그것은 어떤 이야기일까요?
제가 살고 있는 아파트에 거주하는 성범죄자를 모티브로 시를 썼습니다. 그늘이었습니다. 소리였습니다. 파크원 공사가 마무리되었습니다. 그늘은 고정되었습니다. 고정된 채 멈추었습니다. 소리는 소리의 소리가 되었습니다. 2019년 10월 결성된 LG트윈타워 청소노동자 노동조합원들의 시위가 가열되어갔습니다. 제가 살았던 곳의 그늘과 소리에 대해 쓰고자 했습니다. 2020년 12월 31일 80여 명의 청소노동자가 집단 해고되고 노동조합원들이 LG트윈타워를 점거하여 시위하였습니다. 2021년 4월 30일 합의되어 농성이 종료되면서 사표를 쓰지 않아 퇴사 처리되지 않는 노동조합원들에 한해 마포 건물에 배치시켰습니다. 문재인 대통령의 2017년 대선 후보 시절 공약인 '용역 업체 변경 시 고용·근로조건 승계 의무화'가 제도화되지 않는 것이 문제라는 지적에 '사업 이전에서의 근로자 보호 등에 관한 법률안' 일명 'LG트윈타워 집단 해고 방지법'이 발의되었습니다. 노동에 대해, 제정되어야 하는 법, 유명무실한 법 개정에 대해, 쓰고자 했습니다. 어제는 뉴스를. 오늘은 신문을. 어제는 원청 관리자와 용역업체의 관리자를. 오늘은 노동부 관계자를. 어제는 노무사를. 오늘은 서울노동권익센터를. 어제는 할 수 있는 말만 하는 사람들을. 오늘은 할 수 없는 말을 하는 시간들을. 어제는 나를. 오늘은 시를. 썼습니다.

3) ?

시인의 노동은 모자입니다. 뼈 없는 모자입니다. 태양과 바람과 눈과 비가 없는 모자입니다. 다닥다닥 혓바닥들. 모자입니다.

없는 지문에 대해 말하는 모자군요. 센티멘털하군요. 노동자가 말합니다.
신원을 식별할 수 없다는 것. 모르겠습니다. 시인은 썼습니다.
모르는 것을 말하는 모자군요. 현장성을 확보했군요. 르포라이터가 말합니다.
시인은 썼습니다. 사실을 썼습니다. 모자는 시인의 노동입니다.

발명된 불은 아름답습니다. 불태워진 여자는 역사입니다. 불 지른 노동자의 몸은 내일입니다. 시인은 불타오르는 종이입니다.

아름답지 않게 쓰인 불.
재의 역사. 역사의 재.

시인입니다.
어제입니다.
모자입니다.

4) 질문: 『이해할 차례이다』에는 '모자'라는 소재가 자주 등장합니다. 모자가 중요하게 쓰이는 이유, 모자에 관심 많은 이유가 궁금합니다(「김수영문학상 수상자 "권박" 시인 2부」; 「쏟아져 나온 여성의 무의식과 목소리, 권박 시인」).
→ 숨김과 드러냄. 드러냄과 숨김.
→ 끝내 모르는 것도 모자입니까?
→ 「?」……?

5) 쓰지 못했습니다.

나는 실패한 미래유산입니다

실패한[1]

문화유산입니다[2]

나는[3]

1) 실패입니다. 실패의 실패입니다. 실패의 실패의 실패가 될 것입니까?
2) 2013년 도입된 서울미래유산 제도는 도입 초기부터 보존 가치의 판단 기준이 논란되었고, 혜택이나 제대로 된 관리와 지원이 없는 탓에 훼손·철거되는 사례가 빈번하게 발생해 정책의 실효성에 의문이 끊임없이 제기되는데도 개선되지 않고 있다.
3) 시인입니다.

시는 할 수 있습니까?

종교

2006년 우리는 스물넷이었지. 2006년 8월 우리는 청계천에서 만났지. 우리가 모두 모인 건 2002년 2월 고등학교 졸업식 이후 처음이었지. 2006년 8월 청계천에서 만난 우리는 너의 아내를 처음 보았지.

너의 아내는 일본인이라고 했지. 너의 아내는 하와이에서 태어나 계속 하와이에서 살았다고 했지. 너의 아내는 이번에 처음으로 한국에 왔다고 했지. 너의 아내는 결혼식 날 처음 너를 봤다고 했지. 너의 아내는 내일 혼자서 다시 하와이로 간다고 했지. 너의 아내는 언제 다시 한국으로 올지 모른다고 했지. 영어로 말했지. 우리에게.

너는 우리 모두 한국인 아니겠냐고 했지. 너는 일본에도 하와이에도 가본 적이 없다고 했지. 너는 세번째 결혼이라고 했지. 너는 이번 결혼이 마지막 기회이기 때문에 실패할 수 없다고 했지. 너는 그것이 통일교의 규율 같은 거라고 했지. 너는 결혼을 더 하려면 할 수도 있긴 한데 복잡하다고 했지. 한국어로 말했지. 우리에게.

생각보다 괜찮은걸.

숙원 사업이라잖아.

사주에 물이 있으면 좋다고 했대.

기독교 아니야?

그렇다고는 하는데, 모르지.

상인들은 괜찮을까?

모르지.

붕괴될 수도 있었다던데?

여하튼.

나도 조만간 하와이로 가려고.

너도 조만간 하와이로 가야지.

그래.

그런데,

이상하다.

종교가?

정치인이?

청계천이?

이상하다.

네가 결혼한 걸 몰랐어. 네가 세 번 결혼한 걸 몰랐어.

네 종교가 통일교라는 걸 몰랐어.

알고 있었던 애도 있었을까.

속으로만.

혼자서만.

그런데,

너는 하와이로 갔을까? 너는 너의 아내를 만났을까?

다시 결혼했을지도. 결국 혼자일지도.

모르지.

2006년 8월 이후 모두 모인 적이 없으니까. 내가 너에게 연락한 적이 없으니까. 네가 나에게 연락한 적이 없으니까.

연락하고 있는 애도 있을까.

모르지.

2020년 서른여덟의 나는 너희들과 연락하지 않으니까.

2020년 3월의 나는 코로나19에도 합동 결혼식을 개최했다는 통일교 기사를 클릭하다가, 그런데, 그때 청계천으로 가자고 한 사람은 누구였을까? 이제 청계천은 일본에서 온 사람도 하와이에서 온 사람도 한국 사람도 모두 가보는 한국의 대표 관광 명소가 되었는데. 어쨌든.

이명박이 구속되었다는 기사를 클릭하다가, 이명박 신천지 의혹 기사를 클릭하다가, 코로나19 신천지 관련 기사를 클릭하다가,

그런데 너는 뭘 믿니?
물었던 네게 너희에게

믿음은 모르겠고,
종교는 우리 같아.

내가 너에게 연락하지 않지만, 네가 나에게 연락하지 않지만, 모두 모인다고 하면 만나잖아. 같은 반이었다는 이유만으로 친구라고 할 수 없을 것 같은데도 친구라고 하는, 우리 같아. 종교는. 맹목적인 집단. 무분별한 수용.

속으로만.

혼자서만.

생각하다.

어쨌든.

만났잖아.

다음에 또 보자.

그래.

언제 또 볼까.

모르지.

그런데,

괜찮니?

2002년 2월 졸업식에도 2006년 8월 청계천에도 같이 있었던 네게. 2006년 8월 이후 연락한 적이 없어 친구라고 할 수 없을 것 같은데도 친구라고 생각하게 되는 네게. 너희에게.

속으로만. 혼자서만. 묻는 내가. 무리를 생각 없이 쫓아가는 레밍을 그러다 같이 절벽에서 뛰어내리기도 하는 레밍을 쥐인 레밍을 몽글몽글한 어감이라는 이유만으로 좋아하는 내가.

이상하다.

종교보다.

미친개

“그럼에도 불구하고 미친 것에만 관심 가는걸” 말했을 때,

『싸이코』(1959)나 『미저리』(1987)를 생각했을 수도 있겠다

「마구마구 피뢰침」(『이해할 차례이다』)을 떠올리며 『다락방의 미친 여자』(1979)에 대한 이야기를 하려고 하나 짐작했을지도

그러나 이 이야기는
미친개 이야기이다

미친개가 있다 묶여 있다 끊어진다 달린다
다섯 살 아이가 있다 여섯 살 아이도 있다 일곱 살 아이도 있다 모여 있다 달린다
달려온다 달아난다

학교 육상 대표 선수였던 열다섯 살의 나는 아침 6시마다 선수들과 같이 학교 운동장을 달린다
달려오는 미친개에게서 달아나듯

달린다
침을 질질 흘리며
경련이 일어날 듯
미친 듯이 달린다
코치는 페이스메이커인 나를 신경 쓰지 않는다 그러므로 나는 달린다 침을 질질 흘리며 달린다 경련이 일어날 듯 달린다 미친 듯이 달린다 달려오는 미친개에게서 달아나듯
달린다 다섯 살 때처럼

나도 모르게 무서워
치와와만 봐도 그래

그래?
그래

원숭이도 미칠 수 있다더라
여우도 너구리도 스컹크도 박쥐도

중국 시장에는 다 판다더라

들었잖아 코로나19는 박쥐에게서 시작되어 천산갑을 거쳐 사람에게 전파되었을 가능성이 높다는 뉴스

인류가 멸망하는 건 바이러스 때문이라는 소문도 들은 적 있잖아 확진자 현황과 확진자 이동 경로를 클릭, 클릭하며 미친개가 어떻게 되었는지는 기억나지 않아 머리가 아파 달리다 넘어졌던 건 아닐까? 넘어진 나를 물었던 건 아닐까? 머릿속에서 머리가 물처럼 흘러내리고 본 적 있는 미친개가 달려오고 본 적 없는 미치지 않은 박쥐가 달려오고

물처럼 흘러내리고 있는 머리가 달린다

머릿속에서 나와 밖으로 달린다 달린다

미친 것 같아?

국내 확산에 큰 영향을 미쳤다는 종교

이야기를 물처럼 흘러내리고 있는 머리가 계속 달리고 있는 이야기와 동시에 하고 있는 내가

상자 같아?

한 번은 이혼 한 번은 사별로 아내를 떠나보낸 사람이 만든

윗면만 빼고 사방이 막혀 있는 상자 스테인리스강으로 만들어진 미끄러운 상자 피라미드를 거꾸로 놓은 것처럼 경사진 상자

안에 원숭이 같아

죽음 같아

흙을 통해서도 공기를 통해서도 꽃을 통해서도
전쟁을 통해서도
샤워기를 통해서도 눈물을 통해서도 오줌을 통해서도
혐오를 통해서도
전염되는 전염은

밖으로 달린다 머릿속에서 나온 머리와 같이 달린다 침처럼 흘러내리며 달린다 동시에

휴지 필요하세요?

당신도 집들이 갈 때 휴지 사세요? 당신도 주유소에서 휴지 챙기세요? 당신도 자위할 때 휴지 쓰세요?

그렇지만 똥오줌 닦은 휴지를 아이에게 먹이진 않습니다.

당신도 칠곡 계모 사건을 말할 때 휴지로 눈물 닦는군요.

재난에도 휴지가 필요하죠. 구호품에 휴지는 필수잖아요. 그래서 당신도 휴지를 따라서 사셨어요?

그렇지만 앵무는 아닙니다.

시작은, 코로나19로 인해 중국에서 휴지 원재료를 수입하지 못할 수도 있으니 휴지를 사야 한다는, 어떤 일본인이 트위터에 올린 글 때문이었다죠?

그렇지만 앵무는 아닙니다.

미국, 싱가포르, 오스트레일리아, 유럽의 여러 국가 사람들도 휴지를 사려고 난리라네요. #휴지게이트toiletpapergate를 무리 행동Herd behaviour이라고 설명하더군요.

그렇지만 레밍도 아닙니다.

재난에서 오는 공포에만 휴지가 필요한 건 아니랍니다. 화장실 휴지에 스즈키 코지의 소설을 인쇄해서 판 출판사가 있었죠. 원초적 공포! 『링』(1991)을 쓴 스즈키 코지의 소설이라니, 생각만 해도 공포가 따라오네요. 당신도 따라오는 공포 때문에 휴지를 따라서 사셨어요?

화장실 휴지에 허먼 멜빌의 『모비딕』(1851)을 따라 쓰고 인터넷 경매 사이트에 올린 미국인에게 휴지는 유머였겠죠. 응구기 와 시옹오에게 휴지는 목숨이었을 테지만, 뭐 어때요. 목숨에는 생활, 욕구, 학대, 위로뿐 아니라 유머도 있는 걸요. 『결혼은 내가 하고 싶을 때 한다』(1977)를 연극으로 상연한 죄로 교도소에 수감되고 틈틈이 화장실에서 휴지에 『십자가 위의 악마』(1982)를 쓴 응구기 와 시옹오와 내기로 화장실 휴지에 『모비딕』을 따라 쓴 이름 모를 미국인과 비교하는 게 유머라고요?

그렇지만 시인에게도 휴지가 필요합니다.

'나에 대해 말하기 위해 앵무를 키웠다'(「리스트 컷wrist cut」, 『이해할 차례이다』)라고 쓰고 "몽글몽글한 어감이라는 이유만으로"(「종교」, 『아름답습니까』) 레밍이 좋다고 쓴 나에게 하는 말이죠? 휴지도 써야 할 때 써야 되지 않을까요? 되묻는 대신 "휴지 필요하세요?"

공
공공
공공공
곰곰곰
곰곰
곰

공

유머는 공을 넘는 곰처럼 우스꽝스럽고 엽기스럽게 현실을 반영한다. 신화가 유머인 이유다. 신들과의 공놀이에서 진 사람의 머리가 잘리는 신화가 있다. 잘린 머리를 묻는다. 묻은 머리를 꺼낸다. 꺼낸 머리를 고목에 매단다. 머리를 매단 고목에 침을 뱉는다. 머리가 열매를 맺는다. 그것으로 공놀이를 한다. 사람들과의 공놀이에서 진 신의 머리가 잘린다. 반복된다. 죽음을 신성하게 여기는 이야기인지는 모르겠고 내가 아는 여자 이야기 같은.

공공

여자의 입에 침을 뱉으며 "우리 엄마는 내가 뱉은 침

도 먹는데". 여자의 머리를 차며 "우리 엄마는 내가 머리를 차도 미안하다고 하는데". 여자에게 공공기관 무료 변호사에게라도 상담받아보는 것이 어떻겠냐고 했더니 "교도소에 평생 있을까요?". 내가 아는 여자 이야기. 당신도 아는 여자 이야기. 왜 그렇게 살까? 함부로 걱정하는 이야기. 주어가 생략된 남자에 대해서는 궁금하지 않은 이야기. 가해자의 이름은 몰라도 피해자의 이름은 기억되는 이야기. 그런데 네 이야기 아니야? 그러나 내 이야기 아닌데. 공처럼 굴러다니는 이야기. 소설 아닐까? 쉿! 지금 바로 여기 공공기관에서 우리 같이 했던 이야기 아닐까? 있잖아…… 망설이며 쏟아냈던. ○○空空으로 남았던. 제도가 바뀌고 시대가 바뀌고 천지개벽해도 바뀌지 않는다. 있잖아…… 공공共工이 머리로 산을 들이받아 지리와 천체가 바뀌었다는 신화. 하늘이 무너지면서 서북쪽으로 땅이 갈라지고 동남쪽으로 해와 달과 별이 뜨고 서쪽으로 바다가 흐르게 되었다는. 그래도 땅은 땅이고 해는 해고 달은 달이고 별은 별이고 바다는 바다잖아. 도로명주소가 전면 시행되었다고 하더라도 달라진 건 없듯. 이상하지? 천지개벽하고 시대가 바뀌고 제도가 바뀌었는데도 바뀌지 않다니. 이상하지? 지금 바로 여기 우리 머리로 공공公共을 들이받고 있다니. 이상하지? "우리 엄마 때만큼은 아니잖아? 공공公公하지 않아?" 소리. 노을 소리. 앰뷸런스 소리. 들리다니.

공공공

듣자. 工工工Gong Gong Gong 노래 아무거나. 2인조 록 밴드라서 기타와 베이스만 있고 드럼이 없어. 이상하지? 뭐가 없어도 뭐가 만들어지는 게. 귀신이 보인다는 게.

곰곰곰

유머는 공을 넘는 곰을 보고 채식주의자가 되었다는 사람처럼 선을 넘지 않는 선에서 윤리를 지향한다. 「19곰 테드 2」(2015)를 개봉하면서 서울 경찰과 함께 성범죄 예방 '곰곰곰(훔쳐보곰 NO! 찍어보곰 NO! 만져보곰 NO!)' 프로젝트를 진행한 것처럼.

곰곰

이상하지? 「곰곰」(안현미, 『곰곰』, 랜덤하우스중앙, 2006)을 읽는 내내. 이상하지? 천지개벽하고 시대가 바뀌고 제도가 바뀌었는데도 바뀌지 않다니. 있잖아…… 여자 되라며 동굴 안에서 백 일 동안 감금당한 이야기. 내가 아는 여자 이야기. 당신도 아는 여자 이야기. 왜 그렇게 살까? 함부로 걱정하는 이야기. 왜 그렇게 살아야 할까? 뛰쳐나오면 여자 되지 못하는 이야기. 주어가 생략된 남자에 대해서는 궁금하지 않은 이야기. 가해자도 피해자도 없는 것처럼 보이는 이야기. 그런데 네 이야기 아니야? 그러나 내 이야기 아닌데. 공처럼 굴러다니는 이야기. 시 아닐까? 있잖아…… 계속 곰 이야기를 하고 있다니. 이상하지?

곰

유머는 곰을 넘는 공으로 전복해 현실을 반영한다. 코로나19에 “자가 격리가 건국 신화에 나오는 나라” 아니냐며 인터넷에서 이야기를 주고받는 사람들. 쉿! 마스크를 써야 한다. 바뀌지 않으면 안 된다. 이전처럼 살 수 없다. 페미니즘 리부트를 말하듯. 이전처럼 살 수 없다. 바뀌지 않으면 안 된다. 곰처럼 발 구르지 말고. 지금 바로 여기 우리 바꿔자. 바꾼 공으로.

하자.

곰

곰곰

곰곰곰

공공공

공공

공

놀이.

영 · 양 · 영영 · 양양 · 영양

— 한국 판타지 시 쓰기

영靈: 그렇다면, 곰이다. 이 세계에서는 절대 생각할 수 없는, 아닌 사람이니까. 그 세계에서는 성립할 수 있는, 지속되는 5천 년이니까. 일관되게 비현실적인 이 이야기에, 지리산에서 서식하는 반달곰이 올해 열세 번 민가에 출몰했다는 이야기와 결합해, 이렇게 쓰자. 아닌 사람이 5천 년 동안 떠돌다 나타났다. 고라니 울음소리를 배경음으로, 도깨비불을 배경화면으로, 나타났다. 일정한 간격의 안개를 지나 일정한 간격의 터널을 지나 일정한 간격의 빌딩을 지나 일정한 간격의 다리를 지나 일정한 간격의 광장을 지나 일정한 간격의 주택을 지나 일정한 간격의 내 앞을 지나, 내 앞이다. 뭐지?

양量: 뭐긴 뭐야. 열세 번이면, 징조야.

영영永永: 곰. 생각해보면 한국에 5천 년 동안 등장해왔던 인물이다. 곰. 생각해보면 검으로 신을 뜻하였다. 아닌 사람. 생각해보면 한국에 변하지 않는 판타지다. 마늘에서 은장도로 이어졌던 판타지. 과일 깎아 먹으려고 가지고 다니던 은장도를 정절을 지키려고 가지고 다니는 것으로 바꿔버린, 그 바뀌지 않는 판타지. 집 안에만 있는 천사와 악마(「마구마구 피뢰침」, 『이해할 차례이다』)보다 한국적이니까, 그것에 대해 쓰자. 영영 죽은 아닌 사람의 영영 죽지 않는 모험을 있는 그대로 쓰자. 영 터무니없는 인과관계를 영靈하고 영young하게 쓰자.

양양襄陽: 적합하다. 북한과 남한이 연결된 고성에서 지리산을 따라 내려오다 보면 보이는 곳. 난무하는 폐광을 지나 난무하는 은폐를 지나 난무하는 영생을 지나 난무하는 수련을 지나 난무하는 난동을 지나 난무하는 비문을 지나 난무하는 아닌 사람을 지나, 아닌 사람이다. 뭐지?

영양營養: 뭐긴 뭐야. 한국 판타지 시야. 양판소인데 완성도 있을까 싶겠지만, 재미있으면 된 거지. 위험해? 냄새만 풍기는 게? 그냥 시처럼 재미없으면 읽지 않을 테니 정통성 없는 한국 판타지 시를 썼을 뿐

이야. 없어 보여? 5백 원에 결제할 가치는 되지 않나? 문화는 침처럼 섞이고 입에서 위로 내려가고 내려가면서 소화되는 거잖아. '쿵쾅쿵쾅'거린다고? 쿵, 쿵쿵, 쿵쿵쿵, 클릭하는 당신들을 사전에 추가할게.

페스트 페미니스트【Plague feminist】
—「트집의 트로 끝나는 사전」[1)] 제2판 신조어

앙시클로페디스트encyclopédiste로부터 사전의 방식을,
앵티미스트intimiste로부터 일상생활의 자세를,

위험합니까?[2)]

예문)
마리 앙투아네트Marie Antoinette라고요? 실체 없는 빵과 케이크라는 겁니까?
바게트baguette, 요거트yogurt 따위의 디저트dessert. 그러므로 다이어트diet. 당연하게 스커트skirt. 그런 식의 콘크리트concrete는 어떤 식으로 깨뜨려야 할까요?
확충되면서 강화되고 유지되면서 강화된, 차별, 아파르트헤이트apartheid를 무너뜨릴 수 있긴 할까요?
싱클레어 루이스의 『메인 스트리트*Main Street*』(1920)처럼 이상이 타협하게 된다면? 없는 아름다움이라면?
맥각麥角 엑스트랙트extract로 자궁을 수축하겠습니다. 폴터가이스트poltergeist처럼 기묘합니다. 모리타트Moritat처럼 공포입니다.

모르겠다고요? 괴테의 『파우스트*Faust*』(1832)에서 말하는 아름다움을. 비의 바다에 착륙한 로봇robot 루노호트Lunokhod가 송신했다는 아름다움을.
트로트teuroteu처럼 유행 아닌 유행으로 치부하거나. 데카르트René Descartes식이라며 '여자는 생각하지 않는다 고로 존재한다' '여자는 생각한다 고로 존재하지 않는다' 비아냥거리거나. 남자로서 덴트dent당했으니 복구하라고 억지 쓰거나. 노코멘트no comment 하거나. 업데이트update를 거부한답시고 껐다가 켜는 것을 반복하거나.
언커트uncut. 검열하지 않은 영화는 아름답지 않습니까?

1) 『이해할 차례이다』.

2) 뷔페미니즘은 뷔페와 페미니즘의 합성어이다. 페미니스트들이 여성과 남성이 평등한 인간으로 대우받기를 원하면서도 권리에 따르는 책임은 거부하고 권리만 선택적으로 추구하는 것을 조롱한 것이다. 미국의 스탠드업 코미디언 빌 버가 호주의 코미디쇼인 〈World Comedy Unplugged〉에서 보여준 「Feminists on the Titanic」이 2016년 남초 커뮤니티에 회자된 것이 뷔페미니즘이라는 단어를 만드는 데 일조했다고 추정된다. 의무는 쓰기 때문에 싫고 꿀 같은 권리만 찾는다는 의미인 꿀빠니즘, 꼴통과 페미니즘의 합성어인 꼴페미, 페미니즘과 나치의 합성어인 페미나치도 있다.

왜 안 만나줘?

칼이다
아니다
오늘은

주먹질
주먹질
주먹질

아니다
다행은
아니다

말했지. 너는.

일상대로였어. 아침이었어. 거울을 보았어. 면도를 했어.

속으로. 나는.

긋고 싶어. 면도칼로. 나의 일상을. 나의 아침을. 나의 거울을. 겨울이라면 얼어 죽기를. 가을이라면 터져 죽기를. 여름이라면 찡겨 죽기를. 봄이라면 부셔 죽기를. 죽도록 죽기를. 죽기를. 죽기를.

얼굴에
얼굴이

불현듯
몸서리

사실 나도 너와 같지 않을까?
가스라이팅당할 것 같아?
생각해왔지만
사실 나도 너와 같지 않을까?

아니다
아니다

아니다
하지만
하지만?
네 말대로
사실 내가 원했던 거 아닐까? 너 같은 인간을. 너 같은 폭력을.

그래, 그랬다 치자. 그래서,
이제 만나지 않을 거야, 말했는데.

왜 안 만나줘?
왜
안 만나줘? 왜

주먹질
주먹질
주먹질
칼이다

아니다
오늘은
아니다
다행은
아니다

개새끼
개새끼
개새끼
개새끼
개새끼
개새끼

개새끼

켰다. 텔레비전을 켰다. 무언가를 보지 않고는 견디지 못한다는 듯 나는 텔레비전을 켰다. 뉴스다. 나는 뉴스를 듣지 않고, 나는 텔레비전 화면을 보지 않고, 나는 무언가를 듣고는 있고, 나는 무언가를 보고는 있다. 나는 내가 듣고 있는 것이 무엇인지 알지 못하고, 나는 내가 보고 있는 것이 무엇인지 알지 못하고, 나는 뉴스를 듣고 있고, 나는 텔레비전 화면을 보고 있다. 듣고 있지만 듣고 있지 않고, 보고 있지만 보고 있지 않다. 듣고 있지 않는 방식으로 보고 있고, 보고 있지 않는 방식으로 듣고 있다. 보여준다. 텔레비전에서는. 앵커를. 기자를. 물품보관업체 직원을. 17세의 권모 씨를. 나는 그들을 모른다. 나는 텔레비전에 그들이 나온다는 이유로, 내가 모르는 그들을 보고 있고, 내가 모르는 그들의 말을 듣고 있다. 그들은 그들이 할 수 있는 이야기를 하고 있다. 완성된다. 그들의 이야기가 종합되어서 하나의 뉴스가. 그것은 물품보관함에 아이를 버린 엄마의 이야기이다. 그것은 물품보관함에 버려진 아이가 자신의 아이가 아니라고 말하는 17세 소녀의 이야기이다. 그것은 한 여자의 범죄를 추적해 보도하는 이야기이다. 그것은 1분 만에 끝나버린 이야기이다. 나는 보고 있고, 나는 듣고 있다. 1분 뒤. 1분 뒤의 1분 뒤. 1분 뒤의 1분 뒤의 1분 뒤…… 퀴즈다. ① 울지 않는다면 죽여버릴 테니 두견새야 ( ) ② 울지 않는다면 울게 해 보이마 두견새야 ( ) ③ 울지 않는다면 울 때까지 기다리마 두견새야 ( ) 맞추어야 한다. 나는 보고 있기 때문에, 나는 듣고 있기 때문에, 맞추어야 한다. 퀴즈에 관심이 있든 없든, 일본 역사에 관심이 있든 없든, 맞추어야 한다. 맞추지 않아도 맞추어야 한다. 1분 뒤. 1분 뒤의 1분 뒤. 1분 뒤의 1분 뒤의 1분 뒤…… 꺼졌다.

꺼진 텔레비전 화면은 우물이다. 아득하다. 아득하게 까맣다. 까맣게 아득하다. 안을 보다 보면 시체들이 나동그라져 있다. 두 구의 시체가 있고, 세 구의 시체가 있고, 네 구의 시체가 있나. 다섯 구의 시체가 있고, 여섯 구의 시체가 있고, 이제 아무런 얼굴도 되지 않겠습니다! 소리치는 시체가 있다. 쌓여 있는 시체들. 나는 시체 같은 꺼진 텔레비전 화면을 보았다. 거울이다. 거울을 보다 보면 내 눈동자를 볼 수 있는데 내 눈동자 안에는 거울을 바라보는 내가 거울처럼 보였다. 비춰졌다. 나를 바라보는 나와 나를 바라보는 내가 바라보는 사물들을. 보았다. 벽에서 튀어나오는 것을. 보면, 없다. 있는 것을 보다 보면, 없는 것을 보다 보면, 허공에 디딘 발이 머리를 뜯는다. 뜯긴 머리에서 기억의 일부가 재생되듯 불쑥 솟아오른다. 엉켜 있다. 조각난 영상과 조각난 소리가. 보이고 들린다. 방 하나를 잡고 섹스 장면에만 치중해 의미 없이 조악하게 찍어낸 로망포르노가. 상영되고 있다. 꺼진 텔레비전 화면과 뜯어진 내 머릿속에서. 지나간다. 뜬금없이 자연스럽게 두견새가. 오다 노부나가의 두견새인지 도요토미 히데요시의 두견새인지 도쿠가와 이에야스의 두견새인지 모를 두견새가. 지나가고 난 뒤, 암전된다. 펑크 난 타이어처럼 암전된다, 나는. 펑크 난 타이어 소리를 배경으로 들린다. 개새끼. 개새끼. 개새끼. 개새끼. 개새끼. 개새끼. 펑크 난 타이어에 바람이 들어가는 소리가 들리고, 밝아진다.

그날, 본,
「17세의 풍경: 소년은 무엇을 보았는가?
17歳の風景: 少年は何を見たのか」(2004)는,

보고 있다. 17세의 권모 씨는. 보고 있는, 「17세의 풍경: 소년은 무엇을 보았는가?」의 소년은, 야구방망이로 엄마를, 때리고, 때리고, 죽이고, 북으로, 북으로, 북으로, 자전거를 타고, 달려 나가고, 달려 나가고, 달려 나갔다. 모르겠다. 17세의 권모 씨는. 권력을 파괴하는 로망포르노에 대해서는. 닮은 구석이 있다. 목적은 있지만 목적이 무엇인지 모르는 것처럼 보이는 소년은. 닮은 구석이 있다고 생각하며, 물품 보관함에 버렸다. 17세의 권모 씨는.

그날, 본,
「티파니에서 아침을Breakfast at Tiffany's」(1961)은,

켰다. 텔레비전을 켰다. 무언가를 보지 않고는 견디지 못한다는 듯 17세의 권모 씨는 텔레비전을 켰다. 「티파니에서 아침을」이다. 17세의 권모 씨는 「티파니에서 아침을」을 듣지 않고, 17세의 권모 씨는 텔레비전 화면을 보지 않고, 17세의 권모 씨는 무언가를 듣고는 있고, 17세의 권모 씨는 무언가를 보고는 있다. 17세의 권모 씨는 17세의 권모 씨가 듣고 있는 것이 무엇인지 알지 못하고, 17세의 권모 씨는 17세의 권모 씨가 보고 있는 것이 무엇인지 알지 못하고, 17세의 권모 씨는 「티파니에서 아침을」을 듣고 있고, 17세의 권모 씨는 텔레비전 화면을 보고 있다. 듣고 있지만 듣고 있지 않고, 보고 있지만 보고 있지 않다. 듣고 있지 않는 방식으로 보고 있고, 보고 있지 않는 방식으로 듣고 있다. 보여준다. 텔레비전에서는. 「티파니에서 아침을」을. 쇼윈도를. 티파니를. 뉴욕은 빌딩의 도시라는 것을. 걷다가 쇼윈도를 보면 안을 보고 싶고, 안을 보면 쇼윈도가 막고, 쇼윈도 중에서 가장 보고 싶은 것은 티파니이고, 티파니는 아름다움의 중심이고, 아름다움의 중심으로 들어가고 싶은 여자가 있다. 17세의 권모 씨는 「티파니에서 아침을」을 모른다. 17세의 권모 씨는 텔레비전에 「티파니에서 아침을」이 나온다는 이유로, 보고 있고, 듣고 있다. 1분 뒤. 1분 뒤의 1분 뒤. 1분 뒤의 1분 뒤의 1분 뒤…… 진짜 가짜예요. 소리가 들린 뒤, 암전된다. 펑크 난 타이어처럼 암전된다, 17세의 권모 씨는. 펑크 난 타이어 소리를 배경으로 들린다.

그날, 본, 나는,

괜찮아? 너는 조심스레 나의 목에서 손을 뗀 다음 물었다. 뜯어진 장미처럼 나의 목은 울긋불긋. 괜찮아. 나의 말에 너는 처음으로 너 자신에게 내재되어 있는 친절함과 폭력성을 동시에 발견한 듯, 미안함과 동시에 고마움을 느낀 듯, 팬티를 벗었다.

그날, 본, 박제된 나는,

괜찮지 않아? 너는 단호하게 너의 휴대폰에서 동영상 저장을 누른 다음 물었다. 박제를 만들려고 벗겨놓은 살가죽인 나는 울긋불긋. 괜찮지 않아. 나의 말에 너는 처음으로 너 자신에게 내재되어 있는 폭력성과 잔혹성을 동시에 발견한 듯, 불쾌감과 동시에 모멸감을 느낀 듯, 주먹질.

그날, 본, 「싸이코Psycho」(1960)는,

찔린다. 미끄러진다. 찔린다. 미끄러진다. 찔린다. 미끄러진다. 찔린다. 미끄러진다. 찔린다. 미끄러진다. 찔린다. 미끄러진다. 찔린다. 미끄러진다. 그 여자들처럼, 나는.

그날, 본, 「가스등Gaslight」(1944)은,

(암전) 암전되지 않았다, 너는.

그날, 본, 「몬도 카네Mondo Cane」(1962)는,

네 눈동자를 보다 보면 내 눈동자를 볼 수 있는데 네 눈동자 안에는 네 눈동자를 바라보는 내가 거울처럼 보였다. 비춰졌다. 너를 바라보는 나와 너를 바라보는 나를 바라보는 네가. 의무적으로. 닥치는 대로. 비춰졌다. 빈약한 관계를, 적나라한 사랑을, 소유를 사랑이라고 착각하는 너와 사랑을 소유라고 착각하는 나를, 조각조각 이어 붙인, 네 눈동자 안의 내 눈동자가. 비춰졌다. 「몬도카네」처럼. 실제 아닌 실제를. 진실 아닌 진실을. 거짓 아닌 거짓을. 폭로 아닌 폭로를. 충격 아닌 충격을. 개의 세계를. 떠올렸다. 너를. 나를. 너와 나를. 떠올리며 나는 눈을 감았다. 개를. 새를. 개와 새를. 떠올리며 나는 눈을 떴다. 머릿속에서 날아가고 있는 자세로 멈춰 있는 두견새를 날려 보내기 위해. 흐릿하게 까맣다가, 흐릿하게 하얗다가, 흐릿하게 흐르다가, 흐릿하게 멈칫하다, 보였다. 내 얼굴이. 내 얼굴을 보는 내가. 망가진 내 얼굴을 보는 망가진 내가. 익숙한 내 얼굴을 보는 생경한 내가. 지나간다. 뜬금없이 자연스럽게 두견새가. 오다 노부나가의 두견새인지 도요토미 히데요시의 두견새인지 도쿠가와 이에야스의 두견새인지 모를 두견새가. 죽은 것들…… 칼에 찔린 듯. 깜깜해지면서, 살기 아닌 살기. 펑크 난 타이어에 바람이 들어가는 소리가 들리고, 밝아진다.

개새끼

개새끼
개새끼
개새끼
개새끼
개새끼
개새끼

사실 나도 너와 같을지라도
가스라이팅당했더라도
사실 나도 너와 같을지라도

아니다
하지만
하지만

네 말대로

사실 내가 원했더라도. 너 같은 인간을. 너 같은 폭력을.

그래, 그랬다 치더라도. 그래서,

이제 만나지 않을 거야, 말했지.

왜 만나야 해?

왜

만나야 해? 왜

나의 사랑은

사랑이 없고

사람이 없고

내가 없을까

나는.

살 거야. 일상을. 일상대로. 살 거야. 볼 거야. 말할 거야. 본 것을 말할 거야. 말하면서 볼 거야. 죽더라도 볼 거야. 죽더라도 말할 거야. 죽어서도 볼 거야. 죽어서도 말할 거야. 죽도록 살 거야. 그렇게 해서 살아날 거야. 살아나서 살아갈 거야. 겨울을. 가을을. 여름을. 봄을. 아침을.

나를.

* 〔비대면 인터뷰〕

질문: 「왜 안 만나줘」를 통해서 말하고 싶었던 것이 있을까요?

"여성이 남성을 잠재적 범죄자로 만들고 있으며 젠더 갈등을 조장하고 있다고 말하는 남성들에게 여성혐오 범죄가 사회에 만연해 있다는 것을 보여주고자 했습니다. 여성이 연애와 결혼 등을 거부했다는 이유만으로 폭행·스토킹·방화·살인 등을 저지르는 남성들이 있습니다. 안전이별을 하지 못한 여성들의 피해 사건이 보도될 때 기사 제목으로 "왜 안 만나줘"가 빈번히 사용되고 있는데요. 김이랑은 2015년 한 해 "왜 안 만나줘"라는 제목으로 구글에서 5백 건 이상이 검색되었다면서 「메르스만큼 무서웠던 '왜 안 만나줘 바이러스'」(〈위키트리〉 2015년 12월 31일 자)를 통해 '데이트 폭력' 문제의 심각성을 밝히기도 했거든요."

질문: 'AI 시'를 시도한 이유에 대해 말해주세요.

"첫째, 가짜 같은 진짜 현실을 진짜 가짜 같은 시에서 담아보고자 했습니다. 둘째, 4차 산업혁명으로 인하여 '인간 없는' 비대면non-contact이 가속화되고, 로봇이 소설, 영화, 미술, 음악 등 예술을 하는 것이 논란되고 있잖아요. 그렇다면 인간이 로봇이 된 것처럼 시를 쓸 수도 있지 않을까요? 그 시는 시일까? 그런 식의 질문은 의미 없습니다. 앞으로 우리는 어떤 단어가 틀은 유지하되 인식과 개념이 바뀌고 달라지는 것에 발 빠르게 대처해야 합니다. 셋째, 결국 인간의 문제입니다. AI 관계자들은 미래를 비관적으로 봅니다. 로봇은 인간을 멸종시킬 거라는 거, 그러니까 로봇은 인간을 이해할 수 없다는 건데요. 그런 미래를 늦출 수 있을 때까지 늦추어야 한다는 논의에 대해 고민하면서 그 실마리에 "왜 안 만나줘"에 대한 실마리도 있지 않을까 생각했습니다. 넷째, 'AI 시'는 로봇의 인간-되기, 인간의 로봇-되기 방법이 있습니다. 인간의 로봇-되기가 로봇의 인간-되기보다 인간적이라고 봅니다. '왜 안 만나줘'를 주제어로 기사를 검색한 것을 바탕으로 딥러닝 방식으로 "나"라는 인물을 만들었고, '임신' '유기'를 주제어로 기사를 검색한 것을 바탕으로 딥러닝 방식으로 "17세의 권모 씨"라는 인물을 만들었지만 저의 일부이기도 하거든요."

질문: 마지막으로 하고 싶은 말은?

"어떻든 해석은 독자의 몫입니다."

수수께끼 전자발찌

신은 모든 곳에 있을 수 없어.
네게 마지막으로 한 말.
엄마가 답은 아니야.
내가 마지막에 숨긴 말.

그냥 헤어져주면 안 돼? 열일곱 살 때 기소유예 받은 적 있어. 엄마가 얼마나 힘써줬는데. 실망시키면 안 돼. 진짜 공부해야 돼. (뭐? 왜? 잠깐, 기소유예? 왜?) 여자 때렸어. (때렸다고? 여자를?) 전자발찌 찬 것보다는 낫지. (전자발찌?) …… (성범죄자가 차는 거?) 성범죄자가 전자발찌를 차는 거긴 하지. (정말, 여자, 때렸어?) 아니. (그럼?) 그냥, 싸움. (무슨, 싸움?) 싸움이 그렇고 그렇지. (누구와?) 애들끼리. (애들끼리?) 말이 안 맞고. 치고받고. (처음에 말한 것처럼 여자 때린 건 아니고?) 그건, 그냥, 장난친 거야. (장난?) 여자 아니라니까. (……) 너 이상해. 못 믿어? (내가, 이상해?) 이상해. (내가?) 그러니까 헤어져. (그러니까 헤어져야 해?) 그러니까. (헤어져야 해?) 믿음이 없으니까. (믿음이 그런 거야?) 엄마처럼 무조건 믿어야지. (무조건? 그런데 너 내 핸드폰에 위치추적

앱 깔아놨지 않아?) 헤어진다는 거지? 지우자. 지금. (그게 아니라, 그런데 진짜 왜 헤어져야 해?) 좋은 말 할 때, 그냥 헤어져주면 안 돼? 열일곱 살 때 기소유예 받은 적 있어. 엄마가 얼마나 힘써줬는데. 실망시키면 안 돼. 진짜 공부해야 돼.

미역국 좀 먹을게[1)2)3)4)]

백석의 「적경寂境」[5)]처럼
"눈 오는 아침" "첫아들을 낳"은 며느리를 위해 "컴컴한 부엌에서" "시아부지가 미역국을 끓"이는 서정적인
시를 쓸 수 있을까?
"인가人家 멀은 산山중에" "까치"가 "배나무에서 즞는" 소리 같은
아름다운 시를
쓸 수 있을까?

김수영의 「미역국」[6)]처럼
"미역국 위에 뜨는 기름"을 보며 "역사를" 고찰하는
시를 쓸 수 있을까?
"구슬픈 조상祖上"의 전통을 "영원의 소리"처럼 "전투의 소리"처럼 "빈궁貧窮의 소리"처럼 "결혼의 소리"처럼 끓는 미역국을
현대적으로
쓸 수 있을까?

한무숙처럼

"술맛도 모르고 글을 쓰다니" 말에 "미역국 맛도 모르시구 어떻게 글을 쓰세요" 응수하는 말을[7]

말 같은 시를

쓸 수 있을까?

어떻게

쓸 수 있을까?

시를

1) 「〈공주 낳은 영국 미들턴 왕세손빈, 출산 10시간 만에 하이힐 신고 퇴원〉 댓글 분석」 논문을 「미역국 좀 먹을게」 시로 쓰기로 했다. 논문을 쓰지 않기로 한 이유는 댓글은 모든 사람의 의견을 대표할 수 없기 때문이다. 기사를 읽지 않는 경우도 있고, 기사를 읽더라도 기사를 읽고 댓글을 다는 경우 기사를 읽고 댓글을 달지 않는 경우 기사와 댓글을 읽기만 하는 경우 기사를 읽지 않고 댓글을 다는 경우 등 댓글이 모든 사람의 의견을 대표할 수 없다. 또한, 5월 3일 보도된 SBS, OBS, 『헤럴드경제』 『데일리한국』 『스포츠경향』 『세계일보』 『데일리안』 등의 기사에는 댓글이 거의 없는데 5월 4일 보도된 『조선일보』에는 댓글이 많다. 보도 시기가 영향을 미쳤는지, 『조선일보』라는 매체와 관련 있는지, 노출/비노출 기사의 차이인지 등을 고려해야 한다. 『조선일보』에 기사가 올라온 것은 2015년 5월 4일 03:00. 처음 댓글(2015년 5월 4일 06:32:09)부터 마지막 댓

글(2015년 5월 5일 10:49:42)까지 열여섯 명이 참여했고 스물네 개의 댓글이 있는데 여성혐오가 주를 이룬다. 처음 댓글 영향인지 산후조리원에 대한 갑론을박이 이어진다. 5분여 뒤 달린 두번째 댓글(2015년 5월 4일 06:38:50)은 찬성을 가장 많이 받았는데(찬성 67, 반대 4; 2021년 7월 12일 기준) 여성혐오가 노골적이다. 댓글은 설문조사, 인터뷰와 달리 실제 생활 기사 내용에 대해 실시간으로 의견을 제시하기에 직접적인 사회적 여론을 파악할 수 있다. 그런 점에서 일부 여성혐오자들의 생각을 반영한다고 할 수 있다. 그들에게 댓글을 쓰듯 시를 쓰기로 했다.

2) 「공주 낳은 영국 미들턴 왕세손빈, 출산 10시간 만에 하이힐 신고 퇴원」과 「셋째 낳은 英 미들턴 왕세손빈, 또 하이힐 신고 당일 퇴원…… "현실 왜곡"」(『조선일보』 2018년 4월 25일 자 15:49)은 언뜻 보기에 댓글에 차이가 있다. 열세 명이 참여했고 열다섯 개의 댓글이 있는데 왕실 옹호가 주를 이룬다. "출산 후 많은 여성들이 스스로 걷지 못해 휠체어를 타야 하고, 상처 때문에 며칠 동안 샤워조차 할 수 없다"며 "아이를 낳는 것을 동화책에 나올법한 아름다운 일로만 묘사하려는 시각이 문제"이며 "임신과 출산에 대해 왜곡된 환상을 만들 수 있다"는 『워싱턴포스트』 논평과 관련 있다. 이 논평을 반박하고 있는 처음 댓글(2018년 4월 25일 16:18:35)은 찬성을 가장 많이 받았다(찬성 93, 반대 7; 2021년 7월 12일 기준). 『나만 그런 게 아니었어』(스칼릿 커티스, 김수진 옮김, 월북, 2019)에는 케이트 미들턴과 자신의 일곱 시간 비교 모습을 SNS에 올린 여자들, 그에 동조하며 배우 키이라 나이틀리가 케이트 미들턴 출산 하루 전 출산한 자신의 경험에 대해 쓴 글이 있다. 『워싱턴포스트』 논평이 나오게 된 배경을 고려하지 않고 왕실 옹호 댓글을 단 그들에게 댓글을 쓰듯 시를 쓰기로 했다.

3) 산후조리원은 1996년 등장했다. 가부장적 가족 제도하에 출산과 가사 활동에 전념해왔던 여자들이 산업화로 인해 사회에 진출하

게 되었다. 도시화 및 핵가족 체제가 빠르게 진행되면서 자녀 양육에 대한 문제가 발생했는데, 1991년 영유아 보육법이 제정되었지만 산후조리와 관련된 복지 정책 등은 미흡했다. 산후조리원은 우리나라 특유의 산후 문화, 사회·가족 구조의 변화, 여성 복지와 관련된 정책 부족, 의료 제공 체계의 부실 등 복합적인 문제로 생겼다고 볼 수 있다.

4) 2005년 발표된 김선향의 시 「산후조리원」(『여자의 정면』, 실천문학사, 2016)과 2020년 방영된 드라마 〈산후조리원〉을 보기를 권한다.
5) 백석, 『백석 전집』, 김재용 엮음, 실천문학사, 1997.
6) 김수영, 『김수영 전집 1』, 이영준 엮음, 민음사, 2018(개정판).
7) 한무숙, 『축제와 운명의 장소』, 휘문출판사, 1963.

* 이하의 자료를 참조하였다. 정현, 「산후조리원을 이용한 산모의 간호요구 및 만족도」, 연세대 석사학위논문, 1999; 현순철, 「우리나라 산후조리원의 실태 및 개선방안에 관한 연구」, 경희대 석사학위논문, 2000; 송주은·박보림, 「산후조리원 이용여부에 따른 초산모의 신체적, 심리적 건강상태 및 모성역할적응의 변화양상에 관한 연구」, 『한국간호과학회』 40권 4호, 한국간호과학회, 2010; 최혜경·정남옥, 「산후조리원 이용 산모의 건강증진행위 영향요인」, 『여성건강간호학회지』 23권 2호, 한국여성건강간호학회, 2017.

장녀입니다

나는 엄마의 못생긴 딸
마음 가는 대로 생겼다

거북이 등껍질을 쓰고
그것은 거북이입니까?
딸인데요? 서먹합니다

이제부터
쓸데없어지실 거예요 보글보글 속 끓이실 거예요 홧홧해지실 거예요 엄마 되실 거예요
이제부터
고체온 되실 거예요 첫딸 되실 거예요 엄마 되실 거예요 엄마 안 되도 되긴 할 거예요

어림없어
엄마는 내가 심심하지 않도록 딸딸 엄마 안 되도 되긴 하지만 엄마처럼 되어야 합니다
없답니다
그만해도 된다고 자물쇠를 채우고 고양이를 태우고 어째 살인마가 되려고 그러나 봐요

징글징글
맞아요 이번에는 지워야겠죠? (말하는 엄마가)
징글징글
맞아요 이번에는 아들이겠죠? (엄마를 말하게 하는 할머니가)

콸콸
밝고
흙흙
덮고
들깨
볶고
딸꾹
질질

엄마
봐봐
우리 빼고 다들
웃고 있잖아 분만실에서처럼

종친회

“안 됩니다”로 시작해서 결국 그래서 그러므로 “안 됩니다”로 끝나는 이야기. (저기요. 우리도 안 되겠는데요? 법원으로 갈 건데요?) 쯧쯧. ‘딸이 하나면 과하고 반이면 모자란다’고 ‘안중에 사람이 없이’ 저리 ‘과붓집 똥넉가래 내세우듯’ 한답니까! 언성 높아지는 이야기. (저기요. 법원에서는요. 합리적인 이유 없이 차별하면 안 된다는데요?) 쯧쯧. ‘암탉이 울면 집안이 망한다’고 하지 않았습니까! 언성 높아지는 이야기. (저기요. 법원에서는요. 인정해야 한다고 하는데요?) 쯧쯧. ‘집안 망신은 며느리가 시키는’ 법이니 ‘색시 그루는 다홍치마 적에 앉혀야 한다’고 주의 주지 않았습니까! 언성 높아지는 이야기. (저기요. 법원에서는요. 동등하게 분배해야 한다고 하는데요?) 쯧쯧. 보세요. ‘딸은 산적 도둑’이지 않습니까! 언성 높아지는 이야기. (저기요. 법원에서는요. 권력도 돈이고 권리도 돈이고 질서도 돈이고 차별도 돈이라고 하는데요?) 쯧쯧. ‘굿하고 싶어도 맏며느리 춤추는 꼴 보기 싫어’ 안 할 수도 없고 ‘못난 며느리 제삿날 병난다’더니 참말 그렇지 않습니까! 언성 높아지는 이야기. (저기요. 법원에서는요. 법보다 강력한 관습은 없다는데요.) 쯧쯧. 현실적으로 무효입니다! 언성 높아지는 이야기. (저기요. 법원에서는 요. 법적으로 무효라는데요.)

신염神殮

신은 죽었다

어떠시죠
취조하듯

시상에서
나는 향나무 물을 잔뜩 먹은 솜처럼
숨죽이면서도
어떠시냐구요

얼굴에 파운데이션을 고루 펴 발라드리며
눈썹은 자연스레 입술은 붉게 그려드리며

아닙니다
신념이 싫어서도
내가 여자여서도
절차일 뿐입니다

꾹꾹 얼굴 덮으며

꾹꾹 묶고 묶으며

세계가 무너졌는데 그대로네요
머리는 북쪽으로 두겠습니다
맞대요 속 시원해지시려면
피로해지지 않으려면
요새는 집도 북쪽으로 지어요

마지막으로
불타오른다

나의 신이
축문같이

생리합니다1)2)3)4)5)6)

1) 〈표준국어대사전〉에서 받아쓰기란 "남이 하는 말이나 읽는 글을 들으면서 그대로 옮겨 씀. 또는 그런 일"이다. 정규 교육 과정인 초등학교 1, 2학년 때 배우는 것이 일반적이지만 유치원에서의 선행 학습이 관행이 되었다. 받아쓰기가 외워 쓰기로 전락하는 것에 대한 우려로 2016년 무렵부터 지역 교육청에서 선행 학습을 자제하라는 권고가 있었으나 잘 지켜지지 않고 있다.
2) K는 다섯 살 딸이 다니는 영어유치원에 엄마들 소모임 중 받아쓰기 소모임에서 활동하고 있다.
3) K는 받아쓰기 소모임에 나가면서부터 신문을 읽기 시작했다. 세계 여성의 날과 세계 월경의 날이 연이어 있어 생리 관련 기사를 자주 접하게 되었는데, 아이들의 성장 속도를 고려하여 성교육을 앞당겨야 한다는 「세계 월경의 날: 월경에 대한 5가지 오해」(김섭, 〈BBC코리아〉 2019년 5월 28일 자)를 읽은 후 성교육을 서두를 필요성을 느꼈다. 구글을 검색하고 유튜브를 본 것을 정리하는 식이었다가 본격적으로 전문 서적을 읽었다.
4) 12월 만 5세 남아가 같은 나이의 여아를 성폭행한 성남 어린이집 성폭행 사건이 보도되면서 원 내 아동 성교육 모임을 개설할 것을 요구하자는 논의가 나왔다. K는 받아쓰기 소모임에 모임 시간을 한 시간 확장해 성 관련 공부를 하자고 건의하기 위해 ppt로 만들었다.

생리에 관해 쓴 세계 최초의 작가는? 안네 프랑크. 1942년 6월 12일부터 1944년 8월 1일까지 쓴 일기.
질vagina이라는 단어를 최초로 언급한 영화는? 월트 디즈니, 「월경 이야기」, 1946.
한국에서 최초로 생리를 생리라고 말한 광고는? 나트라 케어 2018년 캠페인. 생리를 생리라고 표현하지 못하는 이전의 생리 광고 문구를 보여주며 반박한다.

글로리아 스타이넘, 『남자가 월경을 한다면』, 양이현정 옮김, 현실문화연구, 2002. 남자가 월경을 하는 세상이었다면 월경이 자랑할 만한 일이 되었을 것이다.
박이은실, 『월경의 정치학』, 동녘, 2015. 생리를 남녀 모두 불편하게 만드는 금기로 규정하며 여성을 억압하게 만드는 역사와 사회 구조를 분석했다.
김보람, 「피의 연대기」, 2018. 생리와 생리대의 역사를 보여주며 생리가 여성들만의 영역이며 감추어야 한다는 고정관념을 깨야 한다고 말한다. ——, 『생리 공감』, 행성B, 2018. 생리를 기피하는 문화가 여성을 억압한다며 생리를 하지 않을 권리에 대해 말한다.
엘리즈 티에보, 『이것은 나의 피』, 김자연 옮김, 클, 2018. 역사, 신화, 종교, 의학, 과학, 문화, 사회, 경제, 환경 등 다양한 분야를 통해 생리 불평등에 대해 말했다.
잭 파커, 『우리의 새빨간 비밀』, 조민영 옮김, 시공사, 2019. 타우 메라키가 잭 파커라는 가명으로 〈생리의 열정PASSION MENSTRUES〉이라는 블로그를 운영하면서 생리에 대한 질문을 받거나 생리에 대한 정보를 공유하며 생리라는 주제를 다각도로 다룬 것을 정리했다.

5) K의 건의가 받아들여졌다. 첫 모임 때는 아이들을 위하여 현대적으로 재미있고 쉽게 전 세계적으로 생리를 은유하는 표현을 정리하여 카드를 제작하기로 했다. K는 「"나 생리해" 쉽게 말할 수 있어?」(김정은, 〈이데일리〉 2019년 1월 4일 자)에서 전 세계적으로 생리를 바꿔 말하는 표현은 5천 가지로 조사되었다고 나오는데 그에 대해 잘 설명되어 있는 *Flow: The Cultural Story of Menstruation*(Elissa Stein·Susan Kim, st. Martin's Griffin, 2009)을 읽고 받아쓴 다음 활용 방안을 논의할 것을 제안했다.

Flow: The Cultural Story of Menstruation (pp. 6~7)	
1	Netherlands, De Tomatensoep Is Overgekookt (the Tomato Soup Is Overcooked)
2	Brazil, Estou com Chico (I'm with Chico)
3	China, Little Sister Has Come
4	Latin America, Jenny Has a Red Dress On
5	Australia, I've Got the Flags Out
6	Denmark, Der Er Kommunister i Lysthuset (There Are Communists in the Funhouse)
7	Ireland, I'm Wearing a Jam Rag.
8	England, I'm Flying the Japanese Flag (get out your Flags of the World placemat if this one eludes you)
9	Japan Ichigo-chan (Little Miss Strawberry)
10	France, Les Anglais Sont Arrivés! (The English Have Arrived, presumably in their traditional red coats)
11	Germany, Die Waldbeerfrau Kommit (the Cranberry Woman Is Coming) or Ihren Kram Haben (Have Your Trash)
12	Puerto Rico, ¿Te Cantó el Gallo? (Did the Rooster Already Sing?)
13	South Africa, Granny's Stuck in Traffic
14	Finland, Hullun Lechman Tauti, or mad cow disease

6) K는 생리라고 직접 쓰는 것이 시 같다고 생각했다.

시작

오늘 내가 해 보일 명상은 피클을 만드는 일이다[1]
피클은 나를 시 쓰게 하고, 체하게 하고, 반성하게 하고,[2]
찬밥과 같이 사발에 넣고 비벼 먹게 하고[3]
곤경에 처하게도 하니까[4]
아무나 손쉽게, 많지 않은 재료로 간단히 만들 수 있는,
유익한, 까다롭지 않고 주의할 것 없는,
피클에 대한 명상을 행하자[5]

재료 오이 두 개 굵은 소금 한 줌
양념 물 두 컵 식초 한 컵 설탕 다섯 큰술 소금 한 큰술

만드는 법

유리병을 찬물에 넣어 가열한다
끓는 물에 끓이면 터지므로, 주의!
끓인 유리병은 키친타월로 빡빡 오이는 굵은 소금으로 빡빡
깨끗하게
"자지에 썩은 피클을 끼우고 노는 놈들"도 만족시킬 만큼[6]
빡빡빡빡
닦은 오이를 먹기 좋게 썬 다음 닦은 유리병에 담는다
물 두 컵 식초 한 컵 설탕 다섯 큰술 소금 한 큰술 끓인다
붓는다
숙성한다

간단하니
시작하자

피클에서부터 시작된다. 1939년 유대인 브와디스와프 슈필만이 폴란드 바르샤바에 고립되어 독일군의 눈을 피해 다니는 것에서부터 시작된다. 게토의 폐건물을 뒤지다가 피클 통조림을 발견하면서부터 시작된다. 벽난로 쇠꼬챙이로 피클 통조림을 따려다가 떨어뜨리면서부터 시작된다. 떨어뜨린 피클 통조림이 바닥에 굴러가면서부터 시작된다. 굴러가는 피클 통조림을 독일군 장교 빌헬름 호젠펠트가 발견하면서부터 시작된다. 독일군 장교 빌헬름 호젠펠트가 유대인 브와디스와프 슈필만에게 직업을 물어보고 유대인 브와디스와프 슈필만이 독일군 장교 빌헬름 호젠펠트에게 피아노 연주를 들려주는 것에서부터 시작된다. 독일군 장교 빌헬름 호젠펠트가 유대인 브와디스와프 슈필만에게 준 통조림 따개를 보며 그러므로 피클에서부터 시작된다.[7)]

피클에서부터 시작된다. 스크린에 피클이 차곡차곡 담긴 유리 단지가 떠오르는 것에서부터 시작된다. 반도 먹기 전에 상해버린 피클을 생각하는 것에서부터 시작된다. "우리가 사는 세상은 거대한 피클 단지"이고 피클이

"우리"라고 한다면 "피클 단지 같은 이 세상에서 오이로 남아보겠다고 온갖 곳에서 뛰어나오고 튕겨져 나오며 살아"보려고 하는 것에서부터 시작된다. "혐오와 차별은 어디에나 있어서, 나 혼자 아무리 올곧게 살겠다고 마음먹어도 물들지 않기가 쉽지 않"다는 것을 깨닫는 것에서부터 시작된다. "물들기 전에, 시큼해지기 전에, 익거나 상해버리기 전에, 피클 단지의 뚜껑을 비틀어 열고 밖으로 뛰어나"오는 피클 꿈을 꾸며 그러므로 피클에서부터 시작된다.[8)]

피클에서부터 시작된다. 생리 중인 네팔 여자들이 피클을 만지지 못하는 것에서부터 시작된다. 생리 중인 네팔 여자들이 소를 만지지 못하는 것에서부터 시작된다. 생리 중인 네팔 여자들이 수도꼭지를 만지지 못하는 것에서부터 시작된다. 생리 중인 네팔 여자들이 헛간에 격리당하는 것에서부터 시작된다. 2015년 "Touch the pickle"[9)] 캠페인이 벌어지면서부터 시작된다. 2016년 11월 26세 Dambara Upadhyay가 헛간에서 심장마비로 사망한 것에서부터 시작된다. 2017년 5월 14세 Lalsara

Bika가 헛간에서 감기로 사망한 것에서부터 시작된다. 2017년 7월 19세 Tulasi Shahi가 헛간에서 뱀에 물려 사망한 것에서부터 시작된다. 2018년 8월 생리 중인 여자를 헛간에 격리하는 것을 금지하는 법이 발효된 것에서부터 시작된다. 2019년 1월 한 건의 소송도 진행되지 않아 강제로 헛간을 철거시키면서부터 시작된다. 2019년 2월 21세 Parwati Bogati가 헛간에서 질식해 사망한 것을 보며 2019년 12월 21세 Pabati Buda Rawat가 헛간에서 질식해 사망한 것을 보며 그래도 피클에서부터 시작된다.

피클이 아닌 것에서부터도 시작된다. 2015년 3월 19세 Daiana García의 시체가 비닐봉지에 버려진 것이 SNS를 통해 유포되면서부터 시작된다. 2015년 5월 14세 Chiara Páez가 임신한 상태에서 남자친구에 의해 살해당하고 뒷마당에 암매장된 것이 밝혀지면서부터 시작된다. 2016년 10월 16세 Lucía Pérez가 마약 밀매상들에게 코카인을 투약당하고 성폭행당한 끝에 죽은 것이 알려지면서부터 시작된다. “Ni Una menos.” 한 명도 잃을 수 없다.

1) 장정일, 「햄버거에 대한 명상: 가정요리서로 쓸 수 있게 만들어진 시」, 『햄버거에 대한 명상』, 민음사, 1987 변주.
2) 안현미, 「비굴 레시피」, 『곰곰』, 랜덤하우스중앙, 2006 변주.
3) 오은, 「디아스포라」, 『호텔 타셀의 돼지들』, 민음사, 2009 변주.
4) "In a pickle"은 "곤경에 처했다"라는 뜻이다. 절여지기 위해 병 안에 갇혀버린 피클처럼 난처한 상황에 빠진 것으로 해석할 수 있다. 윌리엄 셰익스피어가 『폭풍우』에서 처음 사용한 것으로 셰익스피어의 신조어Shakespearean neologisms 중 하나이다. 셰익스피어가 네덜란드 속담 "in de pekel zitten"에서 빌려왔을 것이라고 주장하는 학자도 있다. 이 속담은 "(고기나 야채 같은 것을 절이기 위한) 소금물에 앉다"라는 뜻이다.
5) 장정일, 같은 시 변주.
6) 주하림, 「비벌리힐스 저택의 포르노 배우와 유령들」, 『비벌리힐스의 포르노 배우와 유령들』, 창비, 2013.
7) 로만 폴란스키, 「피아니스트」, 2002(원작: 블라디슬로프 스필만, 『도시의 죽음*Śmierć Miasta*』).
8) 윤이형, 「피클」, 『작은마음동호회』, 문학동네, 2019 변주.
9) 칸 라이언즈 국제광고제의 Glass Lion은 여성에 대한 편견을 극복하고 성평등을 이루는 데 이바지한 캠페인을 선정한다. 2015년에는 생리대를 판매하는 P&G(프루터&갬블)에서 벌인 캠페인 "Touch the Pickle"을 선정했다. 생리 중인 여성이 피클을 만지면 상한다는 힌두교 미신을 타파하기 위한 캠페인이다.

* 이하의 자료를 참조하였다. "El sospechoso de matar a Daiana García se suicidó en las vías del tren", *La Nación*, 2015. 3. 17.; "Mató a su novia de 14 años embarazada por haberse negado a abortar y quedó detenido con toda su familia", *Clarín*, 2015. 5. 12.; "Argentinians Protest Violence Against Women on 'Black Wednesday'", *TIME*,

2016. 10. 20.; "Lucia Perez murder: Mother's plea to end Argentina gender violence", BBC, 2016. 10. 21.; "A Young Woman Died In A Menstrual Hut In Nepal", WPRL(91.7FM), 2016. 11. 28.; "A Young Woman Died In A Menstrual Hut In Nepal", npr, 2016. 11. 28.; "Nepalese 'menstruation hut' ritual claims life of teenage girl", CNN, 2017. 7. 12.; "Nepal man arrested over death of woman in 'menstruation hut'", BBC, 2019. 12. 6.; "Ni una menos": Chiara Páez, la adolescente embarazada de 14 años cuyo brutal asesinato dio origen al movimiento contra la violencia machista", BBC, 2020. 6. 3.

폭우

뼈가 쏟아진다.
전생의 일이다.

왜 뼈가 지금도 쏟아지는가.
왜 나는 아직도 맞고 있는가.

폭염

그들은 종종 때린다.
그들은 종종 맞는다.

그들은 똑똑하다. 그들은 무식하다.
그들은 무식하다. 그들은 똑똑하다.

나는 종종 목격한다. 나는 종종 목격된다.
목격되기 전의 내게 남긴 글을 읽고 있다.
나는,

그들이 그들을 화나게 했다고 주장하는 것을 목격했다. 그들은 그들이 오줌을 누며 비는 것을 당연하게 생각했다.

신 같다.

신을 화나게 하기 위해 기꺼이 산에 불을 지르는 사람들이 있었다. 교훈을 얻어야 한다. 교훈을. 오줌을 누며 빌었던 사람들……

이상하다.

경애한다.

이유는 모르지만,
문지방을 넘으면 안 된다.

문지방 너머는 12월,
복숭아꽃이 피고 있다.

걷으면,
보인다.

오늘도 좋은 아침과
그들과 그들과 내가

경애한다.
이상하다.

나는 목격한 것을 증언하기로 했다.
그들은 그들을 화나게 하지 않았다.

도둑

특히 주의해야 할 점은 혼자 두어서는 안 된다는 것이다.

죽음을 훔치기 위해 준비했다
망원경과 창문과 창문과 창문

대담하게

흠집 없는 죽음을 원했다
몸에 꼭 맞추기를 원했다
금식했다 욕조를 물색했다

몰래몰래

새벽이 적당했다
어떤 부분을 고려하지 못했을까
밀실을 외출을 점검하자 옷을 벗자

황당하게

무거워진 팔
눈꺼풀이 번쩍

사람들이

왜 나 같은 사람에게 다정한 걸까?

설명

대장장이는
푸득푸드득
까마귀들로

보여주었습니다 칼을 갈고 있는 것을

살다

엄마는 말한다. 여섯 살의 엄마는 말한다. 여섯 살의 엄마는 수풀에서 큰 두꺼비를 먹고 있는 쩍 벌어진 꽃뱀의 입을 본 적 있다고 말한다. 여섯 살의 엄마는 두꺼비가 꽃뱀을 유인했다고 말한다. 여섯 살의 엄마는 꽃뱀에게 먹힌 두꺼비가 꽃뱀의 배 속에서 알을 낳을 거라고 말한다. 나는 어쩔 줄 몰라 한다. 서른여섯 살의 나는 어쩔 줄 몰라 한다. 서른여섯 살의 나는 통째로 삼켜진 터라 꽃뱀의 배 속에서 한동안 썩지 않고 있을 두꺼비를 떠올리며 어쩔 줄 몰라 한다. 서른여섯 살의 나는 죽은 두꺼비의 배 속에서 부화되기를 기다리는 두꺼비 알을 떠올리며 어쩔 줄 몰라 한다. 서른여섯 살의 나는 알에서 부화된 두꺼비 새끼들이 죽은 엄마 두꺼비를 두고 살아 있는 꽃뱀을 야금야금 먹는 것을 떠올리며 어쩔 줄 몰라 한다. 여섯 살이 서른여섯 살에게 말한다. 돌아오기 전에 보내달라고 말한다. 서른여섯 살이 여섯 살에게 어쩔 줄 몰라 한다.

과정

나는 썩어가는 과정이다. 썩어가는 과정의 나는 방이다. 방은 부풀어 오른다. 방은 부풀어 올랐다가 쪼그라든다. 방은 부풀어 올랐다가 쪼그라들었다가 터진다. 귤이다. 뱀이 허물을 벗는 것은 자연이다. 자연은 편견 없이 뱀을 벗긴다. 자연은 편견 없이 뱀을 벗기고 귤을 벗긴다. 자연은 편견 없이 뱀을 벗기고 귤을 벗기고 뱀을 벗기듯 귤을 벗기고 귤을 벗기듯 뱀을 벗긴다. 뱀은 뱀에게서 벗어난다. 귤은 귤에게서 벗어난다. 뱀은 귤에게서 벗어난다. 귤은 뱀에게서 벗어난다. 벗긴다. 벗어난다. 벗기고 벗어난다. 벗어나고 벗긴다. 그렇다. 사람은 자연을 증명하는 과정에서 도약해왔다. 도약은 자연 쇠락한다. 자연은 으레 주홍 물이다. 주홍 물은 흐른다. 주홍 물은 흐르다가 증발된다. 주홍 물은 흐르다가 증발되다 산산散散하다. 그렇다. 나는 그렇다.

부고

그것은
선천적
선착순

주도면밀한 상상력은 물어뜯는 개다 연두에서 자주로 수수밭으로 한복판으로 조용하다 소란하다 조용하고 소란하다 소란하고 조용하다 조용하지 않고 소란하지 않다 협동하는 위로들 무허가 친척들 광범위해진다 띄엄띄엄해진다 함축이다

정해져 있었다

일어서려는데,

툭, 툭,

누굴까, 눈은 내리는데,

후의 강

건너는 사람
건너는 사람을 보는 사람
건너는 사람

그 사람이 머리를 관통한 밤
그 밤 후

보였다
모래로 메워진 그 강의 수심이
악몽의 가장 아름다운 부분이

보였다
국화의 얼굴이
읽을 수 없는 것을 읽는 척하는 내게 복수하기 위해 전생이 얼굴에 칼을 그었구나
말하는 얼굴이

보였다
자궁이

찰랑찰랑, 찰박찰박, 첨벙첨벙, 추적추적, 허우적허우적,
보였다

어렵다

상자

공원에서였다.
반경 60미터 공간을 확보하지 않고 스프링클러를 설치한.
첩보물의 시작이 대체로 그렇듯 우연히.
사신은 예고되어 있었듯.
상자를 받아버린 것이다.

상자는 상자다.
상자는 수사修辭하지 않는다.
상자는 수사搜査하기도 한다.

나는 없는 의미를 받아버린 상자라고 명명했다.
상자: 오지 않는 잠을 양으로 바꾸는 사람
상자: 실종 전단지를 건네주고 있는 실종자
이를테면 이런 식이다.

물론
상자는 상자다

기다리듯 기다리지 않는 듯, 넷, 여섯, 아홉 …… 기다리지 않는 듯 기다리듯, 스물셋, 스물일곱, 서른…… 선택받는 비명으로, 소외받는 불안으로, 일흔둘, 일흔여덟, 아흔하나…… 셉니다 상자를

있습니다. 하나의 상자 안에는 꿩이. 있습니다. 하나의 상자 안에는 비둘기가. 있습니다. 하나의 상자 안에는 내가. 붉습니다. 꿩의 볼은. 벗겨져 있습니다. 비둘기의 머리는. 나입니다. 나는.

그믐이 상자처럼 열립니다. 상자처럼 열리는 그믐에서 나는,

비명!

비명을 묻으며 묻습니다. "나입니까?"

완벽히 불행해

거미는 자신의 몸에서 실을 뽑아 집을 짓는다. 그 집은, 하얗고, 구멍이 뚫려 있고, 팽팽하고, 아슬아슬해서 긴장감 있고, 끊어질 것 같으면서도 끊어지지 않을 만큼 탄력적이고, 나는 새벽에 거미가 집을 지으면 좋은 징조라는 말을 들은 적이 있다. 그렇지만 저녁에 거미가 집을 짓는 것을 보았다면 조심해야 한다고 누군가 내게 말했던 적도 있었다. 내가 거미 같은 구석이 있다고 말했던 사람이었다. 그 사람은 거미가 독하다고도 말했다. 지금 나는 그 사람처럼 보고 있다. 후두둑. 비다. 후두둑, 툭…… 비는 보름째 내리고 있다. 그쳤다 싶으면 내리고 있다. 내리고 있는 것 같으면 그쳐 있다. 후두둑, 툭……, 후두둑. 내 느낌 안으로 침투한다. 내 느낌 안으로 골똘히 침투한 비로 인해 도마뱀이 되어간다. 도마뱀은 꼬리가 뾰족하다. 도마뱀은 모래처럼 꺼끌꺼끌하면서 가래침처럼 미끌미끌하다. 도마뱀은 위험할 때마다 꼬리를 흔들어 적을 유인한 다음 꼬리를 잘라 적이 당황하는 동안 도망친다. 빗소리를 들으며, 하얗게 질린 빗소리를 들으며, 뚫고 있는 빗소리를 들으며, 팽팽한 빗소리를 들으며, 긴장감이 고조되어 아슬아슬한 빗소리를 들으며, 긴

박하게 울리는 전화기의 신호음처럼 끊길 듯 끊기지 않고 내리는 빗소리를 들으며, 뾰족한 빗소리를 들으며, 끼끌끼끌하고 미끌미끌한 빗소리를 들으며, 끊고 달아나는 빗소리를 들으며, 후두둑 거미처럼 보이는 도마뱀이 떨어지는 것을 들으며, 후두둑, 툭…… 도마뱀처럼 보이는 거미가 떨어지는 것을 들으며, 후두둑, 툭……, 후두둑 보이는 무엇인가가 떨어지는 것을 들으며, 마지막을 확신하며, "완벽히 불행해" 확신하는 목소리를 들으며, 내가 되어가는 나를 보며, 누군가 조심해야 한다고 말하는 중이다.

불안은 공갈젖꼭지산딸기요람모노라디오

애착합니다
나의 불안과
불안에 의존하는 나를
있는 그대로 받아들이는 나를

이는 잘 자라라는 의미에서 산딸기를 요람 밑에 넣어 둔다는 다르긴인을 만난 이후부터입니다 내면을 중요하게 여기는 사람이 되길 바랍니다 그 말을 들은 나의 불안은 그가 끓여 준 우유죽처럼 부드러워졌습니다

안심이 고조되는 사이 여분의 불안이 쌔근쌔근하였고 불안이 고조되는 사이 여분의 안심이 쌔근쌔근하였고 그리하여
잘 자랐고
잘 자라고 있는 나를
애착합니다

기본 기분

뛰어내렸다

자라처럼 자라라 목!
뎅겅, 부러져라 목!
컹컹, 따라가라 개!
캉캉, 뜀박질해라 개!

뛰어내린 기분에, 개와 뒤엉킨 목이,
겅중겅중, 캥거루가 되어, 손짓 발짓,
도대체 뭔 말인지, 몰라, 몰라도 돼,

잘못 알고 계신 겁니다
?
모르겠다는 말, 말입니다
??
캥거루는 구구이미티르어에서 비롯되었다고 합니다
(그냥 캥거루가 생각난 건데) (그냥 모르겠다고 한 건데)
(캥거루의 와전된 어원이 모른다는 말인지는 몰랐는데)……
구구이미티르어는 기본을 기준으로 한 나침반이라고

합니다

(무의식에도 기본이 있는데)……

모르겠다

효율적인 기분을 갖는다는 것

적당한 바리케이드를 치는 것

절도 있는 파괴력이 가능한지

나는 마음껏 내가 싫다=나는 마음껏 내가 좋다

모든 사람에게 다정한 애인이이어서 사랑을 의심하게 되듯 보편적이어서 불행해질 수도 있는 거다

일본 불매운동 전에는 기분이라며 아사히맥주를 마시는 걸 아무렇지 않게 여겼듯 보편적이어도 기본은 아닐 수도 있는 거다

노동자의 기본 권리, 그래, 그런 거라면 이해하지만

따지고 보면 죽는 건 이치인데 장의학과가 개설되어 있는 대학은 거의 없다는 거 기본도 안 되어 있는 거다

예의에 대해서 모르는 건 아니지만 치질 수술 후 괄약근 조절을 할 수 없게 되어 엉덩이만 보는 사람이 될 수도 있는 거다

기본 기분은 연근이고 튤립이라는 거
인정하지 않겠다는 것이 아니다 다만

뛰어내렸다
홀
불안
배수구
에어매트
스프링클러
빅토리아 폭포

어머나, 아름다워라, 발레리나의 뒤꿈치는,
쾅쾅, 그 정도만 반가워할 줄 아는구나, 개!

살가워라, 워워, 살기는 없으니 안심하시라,
공포는 아니니까, 80도 정도만 꺾겠다, 목!

언니가 좋아

있다고 했다
없다고 했다

궁금을 앓았다
묻지는 않았다

내 귀가 돌이거나
네 혀가 돌이거나

앓았지만
않았는데

봄이었다

봄은 겨울을 물려받아 좀 추운 것 같아
물려받는다는 건 생각나게 하는 거야

살았어
죽었어

봄에 작년 봄에 재작년 봄에
……모르겠어 그래 그랬는데

봄이었다

기린에 대해서라면

당신이 보고 있는 것이 궁금했다
상상했다

목을 길게 더
길게 뺐을 때

통신이 원활하지 않습니다
기지국을 더 촘촘히 설치한다면

볼 수 있을까?
왜 혼자 있을까?

표범과 낙타가 교배한다는 오해
그렇게 기린이 태어난다는 오해
그렇게
내가 더 오해해도 괜찮은 걸까?

그런데

왜 혼자 있을까?

왜 남자는 남자를 좋아하면 안 되는 걸까?

왜 여자는 남자를 좋아하는 남자를 좋아하면 안 되는 걸까?

기린에 대해서라면 성심성의껏 답해주겠다는 수의사의 인터뷰를

대항해시대 유럽의 여러 국가가 아프리카의 상황에 대해 전혀 고려하지 않고 직선으로 지역을 나누어 지배했다는 사전적 지식을

굳이 그런 것들을

찾고 찾으려 하고

웬만해선 말을 잘 하지 않으려는

당신에게 말을 걸고 건네려 하고

발코니를 확장했어 불면증을 치료하려고 미모사를 키우고 있거든

천문학자 장자크 도르투 드 메랑은 1729년에 미모사가 빛이 없는데도 하루를 주기로 잎을 펴고 닫는 것을 발견했다고 해 모든 생물은 스물네 시간을 기준으로 하되 자신만의 주기가 있다는 거야

아사하라 나오토의 『그녀가 좋아하는 것은 호모이지 내가 아니다』(2018)를 계절의 시작 때마다 읽고 있어 그런데 오늘

입춘인 거

알고 있니

그래서?

그냥

그냥?

그렇다고

살구가 새콤달콤한 살구가

무르고 튼튼한 살구가 당신이 좋아하는 살구가

꽃을 피울 거라고 뭉게뭉게 꽃을 피울 거라고

그래서

기린처럼 튼튼한 목 튼튼한
진심을 가진 사람이 되려고
그렇다고

그런데

진심은 뭘까? 속으로 되묻고
기린에 대해서라면

햇빛이 내리쬐는 곳에서 태어나 햇빛이 내리쬐지 않는 곳에서 살고 있는
기린에 대해서라면

항문에서부터

모든 연애가 해피엔드일 리 없어
믿자
그렇게

주민등록증 보여주세요
마스크 벗어주세요
그렇게
확인해야 믿는 사람도 있어
기표소에서처럼

팬티를 내리고
사랑해
사람에게 가장 먼저 생기는 기관이래
발생학적으로 그렇대
다를 바 없는 입술로

확인하고 확인했는데
흔하지만 장미 같다
확인하고 확인할수록

미안해

나는 장미만 보면 다발로 만들고 싶어
단서는 장미꽃밭에서부터일 수도 있지
헤어지기 위해 그렇게 말하는 건 아냐

그렇게

우리들은 늘 절망을 확인했잖아
쇠퇴한 수도원을 쇄신하려고 하는 수도사처럼
우리들은 늘 사랑을 사랑했잖아

한옥과 낭만과 구청과

불편하다
여름 바람 겨울 햇빛 흐늘흐늘 창호지 문 복잡한 동선 낮은 담
현대식으로 조금씩 바꾸면 문화와 건축을 조금만 이해하면
된다고 말하는 사람들을 위하여
흙을 돌을 나무를
유지하기 위하여

대화가 필요합니다
대화가 필요할까요
대화가 필요합니다

구청이다 민원인들이 오고 가는 구청이다 살 수 있을까요 나는 저기 부부였던 사람들이 판사 앞에서 했던 말을 한다 살 수 있습니다 공무원은 여섯번째 소음에 관한 민원신고서를 접수하면서 말을 한다 나와 공무원은 열두 페이지의 일대일 맞춤형 부부 솔루션 질문에 답변하듯 대화를 한다

전통이 필요합니다
전통이 필요할까요
전통이 필요합니다

저기 부부였던 사람들은 알고 있다 생각보다 이상적인 과정이었다는 것을 일방적이면서 상호 협력적이었기에 가능했다는 것을 가끔의 낭만이 불편을 유지시키기도 한다는 것을 불편이 중지되는 것이 낭만적이기도 하다는 것을 그렇다

이상적이다
구청은
생각보다 낭만적이다

저기 부부가 될 사람들처럼
나는 보존 지원 서류를 받아들고 다음에 뵙겠습니다 다음에

능력과 수긍

악몽이 더 쉽다
쉬운 게 편해서

무섭다

위생
중세의 쥐 벼룩 뒷골목
비누의 발달로 작아진 끔찍함
그럼에도 불구하고 코로나19

"그래도 차상위 계층은 국가가 마스크잖아."

말이 더 쉽다
쉬운 게 익숙해서

무섭다

상식
절대적이자 상대적인

마음 놓고 몰라도 됨

“왼손의 빵 오른손의 케이크, 지금의 가난은 능력이잖아.”

소금 국산 맥주 아이스크림 샘플 화장품은 유통기한 표시 의무가 없었던 적이 있다
가까울수록 저렴하고 지난 것도 상관없다
나는 많다 그런 게
너는 모르는 게

그런 게 많아서
수긍이 더 쉽다

언제 결혼하니?

타히티로 가려고요

파레오를 입고 귀에 티아레 꽃을 꽂고 남편을 찾겠다는 건 아니고요

타히티로 가려고요

근원적으로 아름다워지려고요

타히티로 가려고요

초록초록 노랑노랑

타히티로 가려고요

당신들이 고갱인 것처럼 물어봤잖아요 "언제 결혼하니?" "어머! 너 질투하니?" "왜, 화가 났니?"

타히티로 가려고요

건강하게 그을린 얼굴로

타히티로 가려고요

타히티의 이미지를 예상하진 않았고요 타히티에 실망해도 괜찮아요 타히티에 의미 없이 가려고요 그럼에도 불구하고 당신들은 고갱인 것처럼 물어보겠죠? "어디 가니?"

타히티로 가려고요

단순하게 단순하게

타히티로 가려고요

타히티로 타히티로

* 이하의 자료를 참조하였다.「언제 결혼하니?」(1892),「어머! 너 질투하니?」(1892),「왜, 화가 났니?」(1896),「어디 가니?」(1893).

간단

햇반을 전자레인지에 데우자 물에 말자 먹자
그렇게

간단하게 밥 먹자
간단하게 목 메자

그러자

어제의 뉴스는 삼포세대에서 칠포세대로 오늘의 뉴스는 미니멀리즘과 소확행 추구 내일의
없는 뉴스를 클릭하다가 가구 사이트 창을 클릭해 아름답고 단순하고 기능적인 노르웨이산 의자를 장바구니에 넣고 지역 찾기를 누르던 중 밥솥에 갓 지은 밥을 모락모락 떠올리다가 오로라처럼 떠올리다가 검색창에 "And when I awoke I was alone"이라고 썼다가 '노르웨이 숲에서 그녀는 나에게 편히 쉬어 가라고 하며 어디든 편히 앉으라고 권했어요 그래서 방 안을 둘러보았지만 의자 하나 없는 곳이라서'라고 흥얼거리다가

포기하자

사실 죽고만 싶어 경찰에 신고할 주인이 없는 나만의 방이었다면
진짜 죽었을 텐데 부글부글 끓는 배를 잡고 변기에 들락날락하다
이렇듯 내내 흉몽이면 흉몽이 아닌 일상이지 일상은 그래도 되지

살기를 포기하자마자 포기하자
간단하게
살자

간단하게 밥 먹자
간단하게 목 메자

컥컥대다
입 다물자

그러자

그렇게
그러자

박람회

우리는 귀결된다. 우리는 노동을 중요시하고 근검절약을 실천하는 중산 계급으로 귀결된다. 우리는 중산 계급으로 귀결되기 위해 일제히 박람회에 간다. 우리는 백과사전식으로 분류된 박람회장 안을 효율적인 동선으로 가로지른다. 우리는 박람회장 안의 복도를 가로지르며 간혹 팸플릿을 펼친다. 우리는 팸플릿을 보듯 쇼윈도를 본다. 쇼윈도를 구입하는 것을 통해 우리는 예측 가능한 방향의 소비를 지향하고 있다는 것을 증명한다. 이를테면 우리는 눈치채지 못한 방식으로 우리라는 카테고리 안에 묶여 있다. 묶여 있음으로 귀결된다. 귀결되어 있으므로 우리는 박람회장 안의 중심에 있는 대관람차를 바라본다. 우리가 바라보는 대관람차는 우리가 이룩한 발전을 증명한다. 우리는 우리가 이룩한 발전처럼 다양한 만일의 경우이지만 노동을 중요시하고 근검절약을 실천하는 중산 계급으로 귀결되어 있다. 중산 계급 안에서 중간 계급 밖의 것을 보듯 대관람차를 보는 우리를 보는 우리.

코코넛 매트

그 인도 작가는 글은 영어로 쓴다고 말하였다.
인도의 식민지와 한국의 식민지에 대해,
식민지에 대해,
말하였다. 그 인도 작가는.

깔려 있는 코코넛 매트를 밟자
여왕의 말이 떠올랐습니다 친애하는 식민지여
코코넛 매트를 밟고 들어가자
짓밟듯

차를 우려내자
괴로워 괴로워
차를 우려내자

건강을 걱정해
차를 마십니다
환경을 생각해
알레피에 휴양 갔을 때 코코넛 매트 공장에서 코코넛 매트를 구입했습니다 다르질링은 중국에서 재배한 차와 품질 차이가 없을 정도로 좋은 입지 조건을 가진 곳이기 때문에 선택되었습니다

신은 당연히 선택합니다

비가 그치고 안개가 걷히고 칸첸중가산이 선명히 보입니다

대령들이 머물렀던 별장들도

보입니다

선명히 당연히

별장 입구에 깔려 있는 코코넛 매트를 밟고 들어서며

여왕처럼 정의 내립니다

정의를 내리는 것은 짓밟는 것

오늘 내가 내린 식민지의 정의는, 깔려 있는 코코넛 매트를 밟는 것, 차를 우려내듯, 짓밟는 것,

정의는 어떤 식으로든 바뀝니다

선입견은 있기 때문에 생깁니다

모르겠습니다, 선입견을 버리겠다는, 정의를 바꾸겠다는, 뜻입니다

누드

『매일신보』 관계자들과의 이유와는 다르지만,
이 시에 김관호의 「해 질 녘夕ぐれ」(1916)을 싣지 않기로 했다.
윤리, 받아들일 수 없는 윤리,
한일합방 후 총독부의 기관지 역할을 한 『매일신보』,
윤리, 고려해봐야 하는 윤리,
누드,
윤리, 과거와 현재와 미래의,
시,

이를테면 젖은 손으로 스위치를

혼란하고 문란하다
징조와 누드는
같지 않지만
가라앉고 떠 있는 마음은 같으니까
자작나무와 같이 있는 도끼라고

할 수 있다

파출소가 익숙하다면
대동강도 익숙하다고

대동강맥주 맛있대요 말할 때마다 대한민국에서 최초의 누드를 그렸던 사람의 마음이 된단 말입니다 극복해야 하는 아름다움이 된단 말입니다 여지없이 포기해야 하는 이해가 된단 말입니다 이어받고 이어받아 이어받은 내가 된단 말입니다 대동강은 그럼에도 불구하고 대동강이란 말입니다 김관호, 구로다 세이키, 와다 에이사쿠, 오카다 사부로스케, 고바야시 만고, 라파엘 콜랭, 피에르 퓌비 드샤반……이 얽히고설킨 「해 질 녘」은 그럼에도 불구하고 대동강이란 말입니다 대동강맥주 맛있대요 말할 때마다

철컹,
철창이 된단 말입니다
장마에 수위가 높아진
잠수대교 통제되었고

자작나무와 같이 있던 도끼가
번쩍,
징조처럼 누드처럼

수소문하는 사람들
어떤 영향 받았어요
예의가 아닌 거겠죠
익숙하다고 말하면

같지 않지만 같다 말할 때마다
같지만 같지 않다고 말할 때마다

쓰자

썼습니까?
쓰지 않았습니까?

모자요?
부러뜨린 척추요?
모래요?

몰라요.
그런데,
쓰긴 썼어요. 혓바닥이요. 혈서를 쓴 것 같은. 혓바닥이요. 인공호흡기를 쓴 것 같은. 혓바닥이요. 기를 쓴 것 같은. 혓바닥이요.

몰라요.
미래는.
그래서.
썼어요.

스리나가르에는 밤에 오토릭샤가 다니지 않아요.
폭설 같은 긴장. 긴장 같은 폭설. 그 새하얀 경계.
반의 아름다움. 벗긴 아름다움. 폭력을 쓰는 분쟁.

판사의 가발 같은.
여왕의 왕관 같은.

전기戰期.

전기戰記를 쓰려고요.
전기電機를 썼는데요.

낮처럼 터지는 폭탄 같았는데요.
폭탄처럼 빛나는 낮 같았는데요.

쓰는 동안 목적이 분명해졌는데요. 쓰지 않을 수 없었는데요. 그러니까 쓸 수 있었는데요.
쓰는 동안 정신이 불분명해졌는데요. 잠시 쓰지 않았는데요. 그렇지 않으면 쓸 수 없었는데요.

씀바귀, 씀바귀,

그렇게, 썼어요.

채식주의자는 아닙니다만

고민했습니다.
채식협회와 영양학회에 보낼 서신의 첫 문장을.
설명하지 않는 설명인 시와 시인인 나에 대해.

파피루스로 만든 샌들을 신던 피타고라스와 철학과
소크라테스와 전쟁과 플라톤과 시실리와
레오나르도 다빈치와 인체와

톨스토이와 『첫걸음』(1891)과

간디와 도둑과 유령과 뱀과 밤과 두려움과
A Plea for Vegetarianism(1886)과

『육식의 종말』(1993)과
『채식의 배신』(2009)과
식물을 재배하는 사람과 동물을 사육하는 사람과
먹는 사람과 폭력과

나에 대해.
채식주의자는 아닙니다만
다음 문장에 대해.

불쌍해

불쌍해.

불쌍해?

불쌍해.

불쌍해,라는 말, 살면서 가장 많이 들었던 말이야.

그랬어?

건강을 위해서도 아니고, 알레르기 때문도 아니고, 트라우마 때문도 아니고, 종교적인 신념 때문도 아니고, 환경을 생각한다든가 동물을 생각한다든가 그런 윤리 때문도 아니야. 맛없어.

맛없다고?

맛없다고.

그럴 수가 있어?

그럴 수도 있어.

언제부터?

맛있었던 적이 없어.

맛있는 음식은 뭐야?

물.

물이 맛있을 수 있어?

물이 맛있을 수 있어.

부모님이 고생했겠다.

걱정은 많았지. 어르고 달랬지. 그렇지만 내가 고생했지.

왜?

나는 늘 불쌍하고 불편한 사람이었고 가끔 부러운 사람이었거든. 사람 만날 때면 뭐 먹느냐. 결혼하면 남편 어떡하느냐. 임신하면 식습관이 바뀌기도 하니까 안심해라. 근육 없어서 고생하겠다. 채식주의자들은 함부로 편하게 대하더라. 불교 재단에서 운영하는 학교를 다닌 적도 있고 스님들이 운영하는 출판사에서 근무한 적도 있는데 스님 되는 거 어떠냐고. 나는 늘, 나는 가끔, 보편적이라는 게 뭔지, 기준이라는 게 뭔지, 이해라는 게 뭔지 생각할 수밖에 없었어. 문제는 어떻게 생기는 걸까? 나도 나를 이해하지 못하는데 누구를 이해시킬 수 있을까? 그런데 살아갈수록 이해되지 않았지. 제일 이해되지 않는 건 채식주의에 고기가 맛있다는 전제가 깔려 있는 것 같다는 거.

아……

그러려니 해. 나도 나처럼 맛없어서 고기 먹지 않는 사람은 보지 못했으니까. 그런데 정말 없을까. 겨울에도 찬물 먹어서 특이하다는 말 많이 들었거든. 최근에 아아족이 생기면서 그러려니 하더라.

최근에는 그렇지. 취향을 내세우려고 하고, 취향을 존중해주려고 하고.

「도대체 왜 한국인은 알레르기가 없죠!? 서양식 문화차이!」 유튜브 영상에, 한국에는 메뉴판에 어떤 재료가 들어갔는지 설명되어 있지 않아서 신기하다는 거야. 댓글에 '알레르기에 대한 배려가 없어서' '반찬 투정하면 부모님께 혼나서' 가리지 않고 먹다 보니 알레르기를 강제로 극복하게 된 것 같다고.

그렇긴 하지. 건강과 균형이 동일하다는 듯. 그래도 알레르기는 이해하지 않나?

쌀, 밀, 고기, 우유, 달걀, 콩, 땅콩, 호두, 마늘, 깨, 생선, 오징어, 게, 새우, 조개, 과일, 알코올, 물…… 뭐가 되었든 알레르기라면 이해는 하지. 알레르기 아니어도 고기 아니면 이해는 하더라.

그러네. 김치를 싫어해도 이해하는데, 고기는……

이상하지 않아?

이상해

이상하긴 한데.

이해는 안 돼?

이해는 안 돼.

삼겹살집에 가서 나만 된장찌개, 비빔밥, 냉면 먹는 거? 서로 신경 쓰고 눈치 보는 거? 전 세계 비건vegan의 70퍼센트 이상 차지하는 인도뿐 아니라 서구권도 채식주의자를 위한 식당, 채식주의자를 위한 식품이 다양하게 많아. 일반적인 식당도 알레르기든 어떤 식습관이든 고려하고. 설명할 필요도 없어.

그런데 닭은 먹는다고 하지 않았어?

닭은 먹을 수는 있지. 오리는 못 먹고. 채식주의로 보면 모든 고기를 먹지 않고 생선, 유제품, 달걀은 먹는 페스코pesco와 붉은 고기는 먹지 않고 가금류, 생선, 우유, 달걀은 먹는 폴로pollo 사이 같아. 고기와 생선을 먹지 않고 유제품과 달걀은 먹는 락토-오보lacto-ovo, 고기·생선·달걀을 먹지 않고 유제품은 먹는 락토lacto, 고기·생선·유제품은 먹지 않고 달걀은 먹는 오보ovo, 완전한 채식주의인 비건으로 분류하고, 페스코나 폴로를 채식주의로 보느냐 의견이 갈리는데. 채식한다고 마음먹고 따르려는 게 채식주의지. 채식주의는 선택의 문제로 보는 경향이 있는데 취향의 문제로 보면 나도 채식주의이긴 하겠다.

그렇게까지 설명할 필요는 없는데.

그 말도 많이 들어. 설명하지 않을 수도 없고 설명하다 보면 혼자 북 치고 장구 치고. 곰탕집, 설렁탕집, 갈비탕집 가면 고기 덜고 국에 밥 먹거든. 간혹 주인이 놀라서 왜요? 물으면, 고기 못 먹어요, 그래. 국은 왜 먹어요? 물으면, 국은 먹을 수 있어요, 그러고. 순댓집 가면 고기 못 먹는다고 하지 않았나? 생각난 듯 물어. 순대는 먹어, 그러면, 편식 심하네, 그래. 국이나 내장은 먹을 수는 있지만 다른 사람과 먹을 때 외엔 먹지 않는 편이야, 덧붙여야 해. 장례식장 가면 육개장 안 먹고 컵라면 먹는데 누군가 짚고 넘어가. 라면 수프에 고기 성분 있는데. 채식식당 가면 콩고기 먹으래. 고기 먹고 싶은데 먹지 않는 사람을 위해 만든 거잖아, 거절하고.

이상해.

이상해?

이상해.

인정해.

인정해?

그런데,

그런데?

그래도 설명해. 설명하지 않아도 되었으면 좋겠다고 생각하면서 설명해. 채식주의자는 아닙니다만 채식주의입니다. 냄새만 맡아도 토할 때도 있었는데 지금은 그렇지 않고요. 먹으려고 노력했는데 토할 때도 있어서 시도하지 않게 되었어요. 먹을 수 있는 선에서 먹는 건 건강에 대한 걱정과 사람과 어울리기 위해서입니다. 어렸을 때는 왜 먹지 못하는지 몰랐는데 식감 때문이라고 결론 내리게 되었습니다. 그러니까

말랑해

닭고기를 제외한 돼지고기소고기오리고기양고기말고기 같은 고기는 먹지 못합니다 그렇지만 순대와 사골설렁탕갈비탕 같은 고깃국은 먹을 수 있습니다 왜냐하면 그건 말랑말랑함 때문인데…… 그러니까 저는 복숭아딸기멜론망고키위포도도토리묵순두부목이버섯초콜릿젤리푸딩크레이프파이타르트새우게조개굴낙지주꾸미갈치동태 같은 말랑말랑한 식감을 그러니까 면 요리 같은 말랑말랑한 요리를 그러니까 고양이는 무서워하지만 고양이가 주는 말랑말랑한 느낌을 그러니까 바닷물구름오로라내리는비휘날리는눈 같은 말랑말랑한 느낌이 들게 하는 자연을 그러니까 로마의휴일시네마천국카사블랑카화양연화러브레터첨밀밀사랑한다면이들처럼러브미이프유데어해리가샐리를만났을때사랑은비를타고내가널사랑할수없는10가지이유시월애와니와준하미술관옆동물원 같은 말랑말랑한 느낌이 들게 하는 영화를 그러니까 비누와 비눗방울처럼 말랑말랑한 느낌이 들게 하는 것을 그러니까 ㅇ이라는 말랑말랑한 느낌이 들게 하는

글자를[1] 좋아하는 나는

말랑말랑하고
축축하고
차갑고
그렇습니다
꿈속 같은 몸입니다

먹지 않아서 그럴까요?

꿈속입니다 돼지우리입니다 황폐화된 돼지우리입니다 돼지를 본 적은 없습니다 돼지 잡는 것을 본 적은 있습니다 돼지는 말랑말랑하고 축축하고 차갑고 그렇습니다 꿈속 같은

몸입니다
나입니다

이른 나이에 죽은 스님이 "확신은 어떻게 합니까?" 화

두를 던집니다 화두를 던지면서 사라집니다 사라지면서 남습니다 남으면서 말랑말랑해집니다 나입니다

선택해

첫 문장을 쓰는 중입니다: 좋은 강요를 하는 채식학회 회원 여러분/좋은 강요를 하는 영양학회 회원 여러분

첫 문장을 쓰는 중입니다: 극단적으로 건강을 추구하는 채식학회 회원 여러분/극단적으로 건강을 추구하는 영양학회 회원 여러분

첫 문장을 쓰는 중입니다: 문제없는 채식학회 회원 여러분/문제없는 영양학회 회원 여러분

충분해

없는 이름은[2)] 도토리와 딸기로도(메리 셸리, 『프랑켄슈타인』, 1818) 충분합니까?

공감합니다.

충분합니까?
첫 문장으로

1) 권민자, 「그러니까 나를 건드리는 모든 것 같은 것」, 웹진 〈킥킥〉, 2017년 10일 16일.
2) 권박, 「마구마구 피뢰침」, 『이해할 차례이다』, 민음사, 2019.

아름답고 싶을 때 아름다울 것

김미정
(문학평론가)

1. 배반당하는 말, 불가능한 아름다움

『아름답습니까』로 돌아온 시인 권박은 "아름답습니까"라고 도발적으로 묻는다. 누구에게 묻는 것인지, 무엇에 대한 아름다움인지 생략된 물음이지만 아름답다라는 술어가 지닌 사정이 짐작되기에 조금 더 찬찬히 생각해보기로 한다.

우선 이 질문은 시집의 전략을 환기한다. 실제로 이 시집은 아름다움(이라고 간주되는 것)으로부터의 원심력이 또렷하다. 아름답지 않기로 작정한 것처럼 거침없다. 권박 자신을 연상시키는 '시인'은 빈번하게 화자로 등장하고, 각주와 수기(산문), 요설과 유희는 난분분하게 활공한다. 시에 현실의 리얼리티가 날것으로 틈입하고 서로를 참조하는 가운데, 소위 가상과 현실의 완고함이 지워진다(단적으로 「포항+잠실+여의도.hwp→jpg」를 꼽을 수 있다). 이때 행여 떠오를지 모를 정련되고 절제된 시어에 대한 강박은 해롭다. 이 시들은 자율적 가상으로서의 아름다움이 부박해지는 장면을 여실히 증거한다.

예컨대 「보트가 필요하다 보트가」에는 "아름다운 시를 써보겠다"라는 포부로 시작하는 화자가 있다. 하지만 그의 시도는 이내 "부풀어 오르는 보트들" "보트에 타려는 사람들"을 지각하는 순간 불가능해진다. 애초에 화자는 "홀로 남아 있는 사람마저도 아름답게 느껴지는" 시를 상상했을 것이다. 하지만 그 지향은 속수무책으로 "보트가 필요하다" "보트가 묶여 있다"와 같은 현실의 절박한 구조 요청의 말 앞에서 중지된다. 화자는 정확하게 구사되고 먼저 발화되어야 할 말이 있음을 안다. 또한 화자는 어느 낭독회에서 "시인으로서도 시민으로서도 나는 그 나라의 이름을 쓰지 못합니다" "그 나라는" "아름다웠습니다"라고 썼지만 그것을 시집에 수록하지는 못했다고 고백한다. 현재 진행 중인 비극 앞에서 아름다움에의 욕망은 때로 비릿하다. 그래서일까. 이 화자들은 시민의 말을 초과하려 하지 않는다.

"완벽하게 부조리"(「보트가 필요하다 보트가」)한 장면은 이뿐만이 아니다. 인간은 "자연을 증명하는 과정에서 도약해왔다"(「과정」)고 말하는 화자를 떠올려본다. "햇빛이 내리쬐는 곳에서 태어나 햇빛이 내리쬐지 않는 곳에서 살고 있는/기린에"(「기린에 대해서라면」) 골몰하는 시도 떠올려본다. 이 말들은 익숙한 인간/자연 구도하에서 인간이 자연을 착취하는 장면만을 암시하지 않는다. 부당함이나 착취의 문제 이전에, 그것을 가능케 하는 구도가 어떻게 만들어지며 실정화되는지 이 시들은 환기한다.

그런 화자들의 말을 이어받아 더 나아가면 과연 인간은, 자연이든 동물이든 야만이든 모두 인간의 외부에 있다고 분할선을 그으면서 자신의 인간됨을 주장해왔다고 할 수 있다. 인간은 자꾸 문명의 이름으로 자연을 '발명'하며 착복한다. 다시 강조하지만 인간의 행위 이전에 '외부를 발명'하며 스스로를 주장해온 오랜 방법을 권박의 시들로부터 찬찬히 돌아보게 된다. 시도 자연을 인간 '외부'에 자명하게 놓인 것이라 여기며 예찬해왔다. 그러니 서정의 이름으로 자연을 종종 무감하게 소비하던 시 역시 공모와 은폐의 혐의에서 자유롭다고 할 수는 없다.

그렇기에 북극과 남극 같은 소위 자연도 권박의 시들 속에서는 서정이나 낭만적 심상의 대상이 아니다. 알려져 있다시피 남극은 그저 대륙, 북극은 빙하다. 누구에게도 속하지 않는 무주지無主地다. 하지만 현실 속 남극대륙은 이미 각국 깃발이 자기의 소유권을 주장하는 장소다. 시에서 "미지의 대륙"으로 표상되는 남극대륙에는, 북극의 "신비로운 세계" 이미지를 판매하는 호텔이 세워졌다. 남극대륙의 북극 호텔이란, 문명의 이름으로 북극의 이미지를 약탈해 전시하는 장소다. 문명의 약탈·영토화가 기만적으로 관철되는 새로운 개척지다. 시 도입부의 "새하얗습니다"와 "아름답습니다"라는 호텔의 문구는, 이 폭력에 대해 아무것도 말하지 않는다. 시 속 '새하얗다' '아름답다' 같은 말들은 현실의 리얼리티에 의해 의미를 배반당한다. 이 장면들 앞에서 본래 그 말이 지니고 있던 의미는 초라하고 무력해지며 오히려 폭력의 미학화에 기여하는 것처럼 놓인다. 과연 시는 아름다움을 어떻게 재전유할 수 있을 것인가. "아름답습니까"(「북극 호텔」)라는 질문이 향하는 "완벽하게 부조리"한 장면은 다음 각주에서도 여실하다.

> 「〈공주 낳은 영국 미들턴 왕세손빈, 출산 10시간 만에 하이힐 신고 퇴원〉 댓글 분석」 논문을 「미역국 좀 먹을게」 시로 쓰기로 했다. 논문을 쓰지 않기로 한 이유는 댓글은 모든 사람의 의견을 대표할 수 없기 때문이다.
>
> —「미역국 좀 먹을게」 1번 각주

시에서 암시되는, 언론 보도 하단에 조롱조롱 달렸을 흉흉한 말뭉치에 대해서라면 쉽게 상상 가능하다. 애초에 화자는 '미역국'이라는 제재만으로 백석처럼 서정적이고 아름다운 시를 쓰고 싶었을 것이다. 김수영처럼 역사에 대한 성찰을 모던하게 쓰고 싶었을 것이며, 한무숙처럼 유구한 여성혐오misogyny에 멋지게 대응하는 글을 쓰고 싶었을 것이다. 하지만 그러기에는 당장 직접 응수해야 할 옹색하지만 절박한 상황이 시인 앞에 압도적으로 놓여 있다. 아름답지 않은 세계를 아름다움으로 가장하는 것은, 고도의 전략이 아닌 이상 시인에게 분열과 자책을 피하기 어렵게 할 것이다. 각종 혐오를 촉발하는 언론의 문구와 그것에 활성화된 댓글들 앞의 화자에게, 서정과 아름다움에의 추구란 난감하다. 서정과 아름다움은 이 철옹성 앞에서 이미 차단, 봉쇄되었다. 설혹 아름다움을 지향하고자 해도 그것은 어쩌면 사치이고 기만이다. 그리하여 시의 화자는 "그들에게 댓글을 쓰듯 시를 쓰기로"(「미역국 좀 먹을게」) 한다. 이 절박하고 단호한 서술은, 권박 시들의 빈번한 각주의 정체와 그 전략마저 암시한다. 그것은 시가 되기 이전의, 시가 되지 못하는, 그리고 더 나아가 시를 쓰지 못하게 하는 시대로 인한 고육지책이다. 각주와 요설은 시인이 세계와 고투하는 현장의 불가피한 흔적의 하나다.

이제는 많은 이가 알아차렸겠지만, 오늘날 시대의 야

만은 더 이상 억압하는 권력을 통해 작동하지 않는다. 이 세계의 통치술은 금지와 억압 대신 참여와 표현을 무한하게 허용한다. 어떤 시그널과 함께 혐오나 증오는 촉발되기 시작하고 그것은 곧 손쉽게 전염, 파급된다. 그리고 그러한 정동의 회로에 대중은 자발적으로 공모되고 그 회로를 완성해간다. 많은 이가 자유라고 착각하며 그것에 가담한다. 자신의 이야기를 그저 "미친개 이야기"라고 눙치는 화자 스스로도 그 조건에 자신이 연루되어 있음을 안다. 이것은, 근원을 가늠하기 어려운 공포가 편재하고 서로가 서로를 "전염"(「미친개」)시키는 세계의 이야기이자, 화자를 포함하는 '나'들의 이야기다. 요컨대 『아름답습니까』는 바로 이 세계, 거기에 연루된 나들의 이야기다. 그리고 그 모두를 통과하며 건너가고자 하는 시인의 한 시대에 대한 기록이다.

2. 게임과 광장에서의 시 쓰기 : 각주와 산문과 요설이라는 방법

시대의 정동은 시인의 신체를 매개하고 그것을 공명판으로 하여 다시 시인의 정서로 변용되며 그것은 시의 첫말을 연다. 시인 권박이 이렇게 겪고 살고 앓은 시대의 흔적은 『아름답습니까』 곳곳에 매복해 있다. 시적 자아란 진공 상태에서 오롯이 먼저 존재해 있을 리 없다. 시의 서정, 아름다움은 무균질의 공간에서 탄생할 리 없다. 모든 쓰는 이의 말은 '자아'와 '세계' 사이의 각축전 혹은 격돌 현장의 흔적이다. 그 현장에서 시적 자아는 세계보다 힘이 세다. 그것이 시를 장르로서 성립해 온 근거였음도 주지의 사실이다. 그런데 그 시인의 말들을 가능케 할 자아보다 시에 암시된 세계는 너무도 거대하고 난공불락이다.

그렇기에 권박의 시들 속 시를 쓰는 일이 광장에서 적과 대치하는 일처럼 읽히는 것도 이상하지 않다. 「광장」의 화자가 "시를 읽"자 "광장"은 "해체"된다. 이 시에서 광장은, 흔한 통념에서처럼 공동체냐 개인이냐 식의 선택지에 기반하는 기호만은 아니다. 이때의 광장은 익숙한 이미지로서의 연대의 장소라기보다 해체의 장소에 가깝다. 이 해체는 혁명 혹은 연대에 대한 부정이 아니다. 오히려 그것이 고착화되어 또 다른 장벽이 된 상황에 대한 전복에 가깝다. 화자는 광장이 해체되고 난 후에도 "처음인 것처럼" 계속 시를 읽는다. 화자는 끊임없는 감각의 갱신 혹은 일종의 영구 혁명을 말하는지도 모른다.

그런데 이 광장의 정반합正反合은 돌연, "퀘스트를 깨듯이" 시를 읽는다는 화자의 진술로 인해 다른 의미의 배치에 휘말려간다. 광장과 시는 이제, 게임 속 활동으로서의 '퀘스트'와 인접하는 기호로 놓이게 된다. 광장은 연대와 혁명의 신화가 부수되는 장소이지만, 이 시에서는 그렇기에 늘 갱신되어야 할 곳이었다. 그런데 동시에 이 광장은 마치, 각 단계에서의 대상을 격파하고 미션을 수행하며 다음 단계로 계속 이행하는 게임의 이미지에 오버랩된다. 고착화한 권력과 부조리에 대한 해체의 욕망은, 게임 속 퀘스트 깨기, 연속되는 다른 스테이지로의 진입에 상응한다. 화자는 분명 역사의 변증법을 말하고 있었다. 그런데 그것은 반복건대, 새로운 아이템을 획득 · 조합하여 임무를 수행하며, 더 높은 레벨로 이동해가는 게임 속 과정을 닮아 있다.

이때 "퀘스트를 제작"한 "기획자"는 게임 바깥에 존재한다. 게다가 화자는 그 사실을 분명히 의식하고 있다. 이제 이 대목부터 조금 다른 것이 연상된다. 말하자면 게임 안의 퀘스트를 깨는 것은 그저 게임 밖 기획자가 설정된 시스템 안에서의 일에 불과하다. 적을 격퇴하고 임무를 수행하고 다음 단계로 넘어가는 사투는 그저 기획자가 만든 링 안에서의 일이다. 설계자는 뒷짐지고 관전하고 있을 테다. 견고한 시스템 안의 존재들이 전전반측하는 이미지가 연상되기도 한다. 그렇다면 궁금해진다. '게임=광장'의 도식이란, 광장 안에서의 혁명도, 궁극적으로 그 광장의 설계자의 의중을 벗어나지는 못한다는 비관의 표식일까. 아니면, 광장의 설계자를 향하지 않고 우리끼리 투덕거리는 세태와 정동을 빗댄 풍자일까.

먼저 말해둔다면 이 시의 상상력은 후자 쪽에 가깝다. 이 시의 게임=광장 상상력은, 궁극적 원인과 그 바깥을 상상하지 못하는 오늘날 세태나 정동과 접속 가능하다. 앞서 인용한 「미역국 좀 먹을게」 속 세계의 흉흉한 정동과 그에 대한 시인의 각주들 역시 인종이 게임=광장 안에서의 격전이다. 시인은 이를 알고 있다. 그것이 이 시집의 고투 너머에서 슬쩍 엿보이는 탄식, 비애, 피로감의 한 이유다. "침을 질질 흘리며/경련이 일어날 듯/미친 듯이 달"리는 개의 이미지가 "물처럼 흘러내리고 있는 머리가 계속 달리고 있는 이야기"와 접속하며 "흙을 통해서도 공기를 통해서도 꽃을 통해서도/전쟁을 통해서도/샤워기를 통해서도 눈물을 통해서도 오줌을 통해서도/혐오를 통해서도/전염되는 전염"(「미친 개」) 역시 게임=광장 안에서의 일이다. 즉, 게임=광장의 상상력을 이 시집의 다른 시들과 오버랩하자면, 링 위에서 서로 정과 병을 만들며 싸우는 이미지도 연상된다. 궁극적 원인을 보지 못하고 차이를 본질화하며 편견과 배제와 혐오와 차별로 굴절시키는 세계가 이 시들 너머에 어렴풋이 스쳐간다.

이런 시대의 정동과 세태는 '앵무'나 '레밍'에 비유되기도 한다. 하지만 이 말들은 폄하, 비관의 단어들만은 아니다(「종교」「휴지 필요하세요?」). 화자는 이 세계와 격절되어 있지 않다. 그는 이 세계의 한복판에서 고투한다. 그렇기에 화자의 시선은 위에서 아래를 향하지 않는다. 보이는 대상과 같은 지평에 있다. 세계의 같은 평면을 공유한다. 화자는 "레밍을 몽글몽글한 어감이라는 이유만으로 좋아하는" 스스로를 종교보다 "이상하다"(「종교」)고도 말한다. 시에는 앵무와 레밍이 비유로 사용되지만 그것은 몰주체의 표상으로 소비되지 않는다. "시인에게도 휴지가 필요"하다는 시의 화자는 하나의 사물로부터 무수한 맥락의 "생활, 욕구, 학대, 위로뿐 아니라 유머"를 본다(「휴지 필요하세요?」). 사물(휴지)은 선과 악의 구별, 혹은 본질을 넘어서 있다. 맥락 속에서 의미를 갖는다. 그것을 어떻게 전유하는가가 관건이다. 초월적 순간 혹은 에피파니 같은 말로 설명되는 아름다움 대신, 시인 권박은 편재한 악다구니와 필부들의 부대낌을 떠나지 않고 거기에서 기어이 시를 찾고 쓰는 것이다.

3. 하지만 아름답고 싶을 때 아름다울 것

아름다움이란 말이 엄폐해온 이 세계를 알게 되면 아름다움은 이제 회의의 대상이다. 그렇기에 권박은 아름다움의 규범성에 아랑곳하지 않고 써왔다. 아름다운 시를 쓰지 못하게 하는 장면 너머에는 앞서 인용한 대목 이외에, 이 세계를 가로지르는 복잡한 권력의 선들, 가령 젠더, 성, 노동, 역사의 문제(「코코넛 매트」)도 있다. 자본-노동의 적대 관계가 사라진 것처럼 보이는 세계에서 우리는 점점 더 예측 가능한 존재가 되어가지만 스스로 자유롭다고 여기는(「박람회」) 아이러니도 시인이 간파한 이 세계의 핵심이다. 여성의 몸을 가로지르는 누적된 경험과 그 유구한 혐오의 역사(「폭염」「신염」「설명」「왜 안 만나줘?」「수수께끼 전자발찌」「언제 결혼하니?」「페스트 페미니스트」「미역국 좀 먹을게」「생리합니다」「시작」「살다」「과정」「후의 강」「언니가 좋아」「장녀입니다」)는 더 말할 것도 없다.

『아름답습니까』가 거절하는 아름다움은 보편이나 정상으로 간주되는 규범들과도 관련된다. 단, 이때의 보편이나 정상성에 대한 질문은 반드시 정치적 올바름에의 의향으로만 연결되지 않는다. 가령, 「채식주의자는 아닙니다만」은 모든 선택과 행위를 신념과 의지로 환원하는 사고와 통념 자체를 지목한다. 현실에서 통상 채식은 종차별주의나 인간의 착취를 반성하는 실천으로만 간주되곤 한다. 그리고 화자가 전하듯, 채식이 의지나 신념에 의할 것이라는 시선에는 고기가 모든 인간에게 맛있을 것이라는 통념이 놓여 있다. 그렇기에 채식은 본성을 제어하는 의지로만 이해된다.

하지만 이렇듯 인간이 "보편적"으로 고기를 맛있게 여긴다는 무감한 인식이야말로 육식 이데올로기의 효과다. 육식을 감당하지 못하는 신체의 소유자도 있고, 고기를 맛있다고 느끼지 못하는 미감의 소유자도 있다. 긍정적 의미든 부정적 의미든 채식을 정치적 올바름으로만 환원시키는 사고는 상상력의 빈곤을 증거한다. 즉, 「채식주의자는 아닙니다만」은 각 상황마다의 이유와 맥락을 보지 못하는/않는 무감함의 폭력을 고발한다. 우리의 감각과 언어는 아주 빈번하게 특정 이데올로기의 효과이고, 동시에 그것을 재생산하는 기제다. 그럼에도 언어가 순수하고 중립적이며 객관적이라는 믿음은 의외로 단단하다. 견고한 편견 혹은 프레임은 완곡한 수사만으로 격파하기 어렵다. 그것이 반복건대 이 시에서도 확인되듯, 권박 시집의 빈번한 각주, 산문, 요설, 유희 등의 이유다.

하지만 그렇다고 해서 권박의 시에서 '아름다움'으로 말해지는 가치 자체가 부정되는 것은 결코 아니다. 예컨대 「누나, 부르면, 웅, 답할게,」에서 "아름다울 때도 있지. 아가의 무력한 발걸음처럼. 정오의 태양으로 생기는 무력함처럼. 있잖아. 여자는, 여성성은, 시는, 굳이 아름다울 필요가 없지 않을까? 그렇지만 너는 아름다울 필요가 있지 않을까? 아름답고 싶을 때 아름다우면 돼. 편견을 깨뜨리려는 싸움처럼 아름다웠으면 해. 안간힘을 다해 투쟁하는 인간이 되었으면 해. 지치지 않는 용기였으면 해. 사전에 새로 추가되는 윤리였으면 해" 라는 대목을 본다.

아름다움은 "아가의 무력한 발걸음"에 비유된다. 또한 아름다움은 "정오의 태양으로 생기는 무력함"에 비유된다. 공통적으로 '무력한'이라는 말이 아름다움과 인접해 있다. 하지만 맥락상 이 말은 존재의 수동성이나 약함과는 거리가 멀다. 아이의 발걸음에는, 이제 막 세상에 발을 디디는 신체의, 아직 영토화되지 않은 감각의 자유로움이 있다. 한낮의 태양이 머리 위에서 이글거릴 때에도, 모든 신체는 한없이 부드럽고 노곤해지며 감각의 무장해제를 경험한다. 시인이 말하는 아름다움은 비율과 규범에 의한 것 혹은 초월적 순간의 마법과 같은 것이 아니라, "열려 있는 감각에 당당한" 것에 관련된다.

그렇기에 시인은 아름다움의 규범("편견")에 회의하지만, 동시에 아름다움을 다르게 정초할 수도 있으리라는 의향을 내비친다. 그것은 궁극적으로 "사전에 새로 추가되는 윤리"라는 말과 친연성을 지닌다. 화자는, 자기의 의향이 아름답고 싶다면 그것에 충실하라고 독려한다. 여기에서 재구축의 가능성을 암시하는 시, 여성, 아름다움 등은 고정된 개념이나 범주 등과는 거리가 멀다. 그것은 확정되지 않은, 그렇기에 의미의 보충을 기다리는 기표에 가깝다. 좀더 정확히 말하면 의미를 가진 아름다움보다도, ("아이의 무력한 발걸음" "정오의 태양으로 생기는 무력함"이 비유했듯) 존재가 영토화되기 이전의 모든 것에 열려 있는, 그렇기에 모든 것이 될 수 있을 상태가 아름다움의 가능성의 조건이다. (단, 여기에서 그럼에도 구체적 여성은 휘발될지도 모른다는 식의 우려는 잠시 접어두어도 좋다. 이미 권박의 시가 통과해온 것은 그 모든 구체적 여성의 몸을 경유한 모순과 부조리이고, 그것을 토대로 지금 여성이 이야기되는 중이다.)

여성을 피해자나 희생자 혹은 약자, 소수자의 형상으로부터 이탈시키려는 의향도 "새로 추가되는 윤리"의 한 사례일 것이다. 시인은 "살 거야. 일상을. 일상대로. [……] 나를"(「왜 안 만나줘?」) 혹은 "그렇게, 인간다워질래, 아름다워질래,"(「설명」)와 같이, 존재와 사건을 그 굴레로부터 필사적으로 탈출시키려 한다. 여성으로 산다는 것은 단일한 여성의 경험으로 환원될 리 없다. 존재하는 차이들을 보이지 않는 것으로 가정하는 것도 어쩌면 폭력이다. 그럼에도 여성이라는 말은, 개체의 파편을 가로지르는 공통의 존재와 경험의 언어로 만들어질 수 있다는 것 그것이 지금 권박의 시로부터 얻는 용기다.

4. 블록 쌓기의 달인, 혹은 시인 기계

여기까지 쓰면서 권박의 말들은 일종의 블록block이고, 그 시들은 블록 쌓기 같다는 생각을 하던 중이었다. 특히 이 시집에서 빈번하게 구사되는 언어유희(「공/공공/공공공/곰곰곰/곰곰/곰」「영·양·영영·양양·영양—한국 판타지 시 쓰기」「쓰자」) 앞에서, 다르게 생긴 블록 조각들을 이리저리 연결하며 골몰하는 어린아이의 이미지가 떠오르기도 한다. 시 역시 말의 수준에서는 그 블록을 연결하여 그때마다 다른 의미와 세계를 만드는 일일 수 있지 않을까. 시인 권박이 가진 블록은, 의미론과 통사론의 수준을 넘어 음운과 음소의 단위까지 확장된다. 특히 방금 언급한 언어유희에서 블록들은 정지된 활자가 아니라, 마치 움직이고 살아 있는 생물체와 같다.

「공/공공/공공공/곰곰곰/곰곰/곰」은 "유머는 공을 넘는 곰처럼 우스꽝스럽고 엽기스럽게 현실을 반영"한다는 말로 시작한다. 그리고 시 속 음운과 단어가 변형되는 과정에서 의미의 단절, 창조가 연쇄적으로 일어난다. 그리고 시는 이렇게 마무리된다. "페미니즘 리부트를 말하듯, 이전처럼 살 수 없다. 바뀌지 않으면 안 된다. 곰처럼 발 구르지 말고, 지금 바로 여기 우리 바뀌자. 바꾼 공으로/하자."

이러한 유희의 자신감은 말의 수행성에 대한 믿음 없

이는 불가능할 것이다. 실제로 시집 전체에서 말은 반영의 도구이기도 하고, 세계를 구속하는 집이기도 하며, 그 모두를 파열시키며 무언가가 되고 수행해가는 생물이기도 하다. 얼핏 현란하게 활공하는 말들에서도 세계의 좌표를 이동시키고 다른 것을 만드는 시인의 손짓은 경쾌하다. 권박의 시들은, 그 어느 때보다 말이 무력하게 놓인 듯한 시대의 열패감에 잠식되지 않는다. 권박의 시집에서 보이는 말과 세계의 근원적 상황은, 그 어떤 확신에 찬 무수한 말들과도 비교할 수 없는 단단한 심지를 가지고 있다.

시집을 여는 시 「어떻게 되었을까?」의 화자는 "나는 될 것입니다"라고만 말하고 "안으로 걸어 들어간"다. 여기에서 행위의 주체는 '나'이지만 그 나가 무엇이 될 것인지 확정된 내용은 없다. 단지 '되다'라는 말을 통해 형태 변화할 사건만 암시되어 있다. 실제 권박의 이번 시집은 다른 존재로 갱신할 것을 예고한 채 안으로 걸어 들어간 그 화자의 무수한 되기의 현장이다. "없는 나는 죽은 언어인 나를, 죽은 사람인 나를, 죽은 시인인 나를 인지시키고 구현해낸 다음/입력되어 있는 모든 시론을 토대로//새로 쓴다"(「사라지다」). 이때 퀘스트를 깨고 다음 스테이지의 다른 존재가 되어가는 게임의 상상력도 다시 한번 오버랩된다. 그들은 계속 새로 쓰면서 사라지고 사라지면서 다시 태어나며 다시 쓴다.

마치 얼굴 없는 체셔 고양이의 미소처럼, 쓰는 것은 "없는 나"다. 쓰는 나의 '죽음'은 소멸이 아니라 영구적으로 다른 무언가가 '되는' 명백한 생성이다. 고정불변의 '나'가 선행하여 쓰는 것이 아니다. "없는 나는 기계이면서 기계가 아니"고 "시인이 아니면서 시인"이다. 그런 '나'는 계속 "이어" 쓰고 "새로"(「사라지다」) 쓴다. 이때 '기계'라는 말이 생경하게 읽힐지 모르겠다. 하지만 이것은 유기체적 작동 방식에 의해 자동적으로 같은 것을 산출해내는 이미지의 메카닉mechanic한 기계로 읽어서는 곤란하다. 공장에서 가동되는 기계가 전형적으로 이러한 기계일 텐데, 그 기계는 언제나 동일성과 목적을 위해 움직이고 같은 것을 생산해낸다.

하지만 지금 시인 권박이 스스로를 '기계'에 환유할 때 그것은, 자기 동력과 자기 갱신 능력을 갖는 기계를 연상시킨다. 생성과 변화와 흐름을 창조하는 역동적 힘 자체를 의미하는 머시닉machinic한 기계의 이미지도 떠오른다. 이 기계는 결정되어 있는 목적과 동일성을 위해 움직이지 않는다. 또한 같은 것을 생산해내지도 않는다. 권박의 시인 기계는, 애초에 부여받은 역할이나 정체성에 갇히지 않는 블록들을 서로 연결한다. 마치 거미와 도마뱀과 비가 절합하는 장면에서 "내가 되어가는 나"(「완벽히 불행해」)를 확인하는 화자와 같이, 권박의 시는 각 블록이 본래의 의미(라고 상정되는 것)로부터 슬며시 단절되고 다른 것과 접속, 조합하여 다른 세계를 만들어간다.

본래 의미로부터 탈구시켜 다른 말을 만들고 거기에서 다시 접속 가능한 말의 조합을 통해 만들고자 하는 세계를 발명하는 것. 이것은 권박 시가 "아름답고 싶을 때" 아름다움을 재구축하는 방법이다. 또한 각주, 산문, 요설, 유희 이면의 세계관이기도 하다. 『아름답습니까』는 '아름다운 시를 쓸 수 없게 하는 시대'를 향하는 동시에 '아름답다고 간주되는 것'을 향한다. 이 두 개의 벡터가 견인하는 이 시집의 끝에는 무해하고 순정하고 공허한 아름다움 대신 "안간힘을 다해 투쟁하는 인간"의 "지치지 않는 용기"(「누나, 부르면, 웅, 답할게,」)와 같은 아름다움 한 자락이 서늘하게 빛을 발한다. ▨